完美基因

PERFECT GENES

蘇健軒 著

自序

「完美基因」的靈感來自一次偶然的閒聊，父親跟朋友的談話內容我已經忘的差不多了，不過那時候浮現在心中的問題久久不散。「什麼樣的，才是完美？」這樣一個問題不斷的困擾著我。上天創造世人，而我們追求完美。不論出發點是什麼，不可否認的，哪怕再怎麼懶散的人們，心中都會有一絲衝動，做到完美，甚至就只是親眼看到完美。「我們想要什麼？我們在追求什麼？」我問我自己。我們真的知道嗎？

目次

楔子

這是一個被風雨侵襲的早晨。雷鳴交加的天，看起來比夜晚還要漆黑。不過這樣寂靜與嘈雜並存的天地，卻與一個深藏地下而且不為人知的地方如此遙遠。

同樣的黑暗，不過這裡的靜謐卻襯托著那一點柔和的亮光。光暈所照之處，有一張雙眼極為不對稱的臉正專注地看著他前方那四千多立方公分的容器。

光芒正是從那個容器裡發出。不過在這光芒中，有一片極為顯眼的黑影，就像嬰孩的影子一般，蜷縮在一起。

溶液並沒有完全填滿整個容器，隨著黑影的翻動，那淡黃色的溶液也一波一波的拍打著容器的壁沿。

隨著溶液如海潮般的拍擊，那透明的容器正一張一縮的、極有規律的動著。透過那透明的隔層，可以看到造成這些的起源正是裡頭那小小的黑影。

小人兒般的黑影緩緩地舒張，當動作達到最為激烈的時候，明顯看到黑影的頭部奮力的向下掙扎。

費盡千辛萬苦，容器的底層終於露出一絲裂縫，而那些淡黃色的溶液正緩緩的向下滴漏。隨著溶液越來越少，原本散發出的光芒逐漸黯淡，裡面的小黑影也漸漸露出身形。是個嬰兒。不過孩子原本通紅的皮膚卻逐漸變成紫黑，他掙扎的動作也變得越來越微弱。

隨著嬰兒越來越虛弱，那個一直注視著器皿的雙眼也跟著變得緊張。顫抖的雙手伸向器皿底部的裂縫，猶豫不決之間，那雙粗短、畸形的雙手被黃色的液體淋得濕漉漉的。

並沒有撕開裂縫，幫助嬰兒生存下來，而是在不斷地顫抖中將雙手握拳，轉身離去。就在他轉過頭的那一瞬間，從他的背後傳來陣陣的撕裂聲。「碰」的一聲輕響，似乎有什麼東西掉落在那事先放在器皿底下的軟墊上。

狂喜的神采出現在那雙畸形的雙眼中，緊張中帶著期待的轉過頭來，緊盯著那軟墊上的小小身影。

隨著器皿裡的溶液逐漸滴盡，柔黃的光芒也隨之消失。一聲嬰兒初啼的哭叫聲打破這片黑暗，亮白色的光芒照亮這片小小的天地。伴隨著嬰兒哭聲的，還有一陣瘋狂、撕啞的狂笑聲。

透著那白亮刺眼的光芒，一個穿著長袍的身影高舉著一團小小的黑影。

一切……都是那麼的模糊……

除了那洪亮的哭聲之外，環繞在這片光芒之中的狂笑聲同樣清晰可聞。與那外頭肆虐的雷光，相互交映。

第一章、虛假的星空

在一個油漆得白亮的鐵牆圍繞的巨大房間裡，擺滿了令人眼花撩亂的儀器。就算不內行的人來看，也可以輕易地看出這些機器的精密和複雜。

光是那些成千上百個的按鈕，就可以讓人看得頭昏腦脹。不過，在這排複雜的機器前面，有一個身穿白袍的年輕人，手拿紙筆，時不時的記錄著什麼。

年輕、英俊的臉龐，此時嚴肅無比。紛亂複雜的工作程序充斥周圍，儘管如此，他的眉宇之間卻是輕鬆寫意。將手中的筆擱下後，他定定地看著眼前大大小小的螢幕上的數據，手也飛快地動了起來。面對那麼多的按鍵，竟然可以如此穩健而且毫不遲疑。

隨著他修長的右手食指按下最後一個按鍵後，最大的螢幕上原本混亂的波型趨於穩定，最後定格成一條規律、完整的波型。似乎是很滿意這樣的結果，年輕人面無表情的臉上浮出一絲略顯陽光的微笑。

轉過身，走向這個巨大房間的正中央。一個充滿綠色液體的密閉透明水缸靜靜地坐落在那裡，與周圍的空曠形成一個鮮明的對比。

看著漂浮在液體中的生物，還有其緩緩起伏的胸膛，年輕人臉上的笑容又擴大了幾分。

伸出手摸向透明的管壁，從生物的腹部一直摸到眼睛前面。就在他的手到達生物眼前的管壁時，管中生物原本緊閉的雙眼猛地睜了開來。一股噬血、殘暴的氣息，浮上那雙被綠色液體包裹的眼睛。

年輕人雖然微微的張大了眼睛，不過他並沒有被這個突如其來的情況嚇到。就在他想要做些什麼的時候，管中淺綠色的液體突然變成濃稠的深綠色，而且有密集的藍色電光充斥其中。

狂暴、猙獰的生物全身緊繃，陣陣痙攣，兇殘的眼神也變得木訥呆滯。這樣的情況使得少年的臉上出現一絲驚愕、惱怒的神色。

快速卻不失穩重的轉身，看著這兩個不知道什麼時候出現的人。

他們同樣身穿白袍，跟少年一樣高的身影帶著大大的口罩，讓人看不出其中的面孔；而另外一個比少年矮小許多的身影，五十多歲的年紀卻滿頭白髮，一副金框眼鏡架在他矮塌的鼻樑上，一大一小的眼睛此時正微瞇著與少年對視。

少年皺著眉頭，但是語氣平穩地說道：「為什麼要突然終止實驗？一切都在掌控之中的，不是嗎？」

少年說話的時候，俯看著眼前較為矮小的那個身影，手卻伸向那個與他一樣高大的男人面前。

帶著大口罩的人，看了身旁的老人一眼，直到老人微微的點了點頭後，他才將他手上的一個方形機器交到少年的手中。

少年接過機器之後看了一眼，再看看試管中的生物，英俊的臉龐看不出任何表情。揚手一丟，將機器準確無誤地拋進遠方的垃圾桶中。

老人平靜的看著少年的動作，不發一語。

「為什麼？明明一切都很順利的。狂客博士。」少年再次問了眼前的老人同樣的問題。

狂客博士一直等到少年說完之後，才緩緩地開口：「艾爾，我的孩子。我知道這是你第一次的個人實驗，你也的確做得很好，不過你太大意了一點。」在他說話的期間，那雙極為不對稱的大小眼都沒有離開過少年的臉龐。

聽完狂客博士說的話，艾爾平靜的臉上露出不服氣的表情，似乎他很在意他在狂客面前的表現。

看到艾爾的表情，狂客博士無奈地嘆了一口氣，轉過身來，指著那個最大的螢幕後不再說話。

艾爾順著狂客的手勢看向螢幕，他的眉頭漸漸鎖緊，嘴裡喃喃的說道：「怎麼會？」

原本螢幕上完美的波形，此時再次回到那種雜亂無章的樣子。不過隨著時間的推移，那些波型逐漸趨於平緩，最後變成一條單調的直線。

三個人靜靜地站在原地許久，就是沒有人再次開口。直到那個承載生物的器皿發出「啵啵」的聲響之後，才將他們視線拉到那裡。

隨著聲響變得急促，深綠色的液體逐漸轉變為黑色，而那個生物的皮肉正以一個肉眼可見的速度溶解開來。當液體黑到完全看不見裡面的物體後，又逐漸變得透明。最後留在管子裡面的，除了滿滿的清水之外，就什麼都沒有了。

「對不起，博士。我以為實驗可以成功的，沒想到會變成這樣，還白白浪費了一隻豹。」艾爾說完之後，低下頭，不再說話。

「沒關係的，只要你能從其中學到一些東西就好了。更何況，你的程度已經大大的超越其他人了。」狂客安撫似的說道。之後又補充了一句：「至於那隻豹就算了，再找個時間弄一隻就是了。」

「對啊，博士，你教我怎麼製造就可以了啊。這樣我就不用每次都麻煩你了啊。而且要做實驗的話，也不需要再為了實驗體而等待兩、三天的時間了。」艾爾說完之後，期待的看著面前的狂客博士。

聽到艾爾所說的的話，那個戴著口罩的人微微的睜大了眼睛。雖然不能看他口罩下面的表情，不過他的眼神卻留露出絲絲的驚訝和疑惑。

這些變化都很微小，他好像也沒有開口說話的打算，就只是默默的站在那裡。

反倒是狂客博士聽完艾爾所說的話之後，露出哭笑不得的表情。不過他還是以一個嚴肅的口吻說道：「不是我不教你，而是以你現在的技術來說，還無法完美的學會。你還是先跟我再學習一段時間吧。」

似乎是不想在這個話題上停留太久，狂客博士草草的說完之後，轉身就要離開。

「對了，我接下來有個實驗，你先去我的實驗室準備一下，等我過去之後，我們就開始吧。」狂客博士回過頭，對著艾爾吩咐道。

艾爾聽到之後，露出一副欲言又止的表情，不過很快的就被他控制下來，以一副嚴肅的表情回答了聲「是」之後，快速地繞過狂客博士，走出實驗室的大門。

就在艾爾走出大門之後，狂客博士不知道從那裡拿出一個遙控器，將大門關了起來。

原本面對艾爾時，雖然滑稽卻略顯溫和的臉突然變得冷淡無比。

轉過身來，看著眼前的白袍人，狂客緩緩地開口道：「我不管你在社會上有多大的成就，到了我的實驗室來就必須遵照我的規矩。你剛才表現得還算不錯。記住，以後遇到那個孩子的時候，絕對不要跟他講話！絕對不能跟他有任何的接觸！明白了嗎？」

「明白了。」從口罩下面傳來的聲音有些模糊，不過回答者的態度顯得十分尊敬。說完這句話之後，他就不再說話，靜靜地站在旁邊。

狂客博士緩緩地點了點頭，轉身離開時只丟下一句：「自己去找其他的研究人員，或者隨便看看，今天之後你就必須決定要加入哪一支研究團隊了。」

隨著狂客的腳步聲緩緩的遠去，實驗室的大門再次關了起來。

駕輕就熟的左彎右拐，最後來到一扇大門之前。狂客將手掌貼在門旁的小螢幕上，之後又將臉龐湊向前面，任由一束紅光掃過他的雙眼。當「滴」聲響起，他直接走進正在開啟的大門。

「博士，東西都已經準備好了，等你過來，我們就可以開始了。」艾爾的聲音從一堆書、紙之後傳來。

這是一間比之前更為大間百倍的實驗室。周圍環繞著無數的機器、藥品。各種各樣的生物及器官漂浮在管子裡。

除了正在跟狂客博士說話的艾爾之外，幾乎每一台機器之前都站著一位穿白袍、戴口罩的人。一片白色，讓人根本就不能分辨出誰是誰。

這麼多人站在這裡，可是卻沒有一個人交談。他們都只是靜靜的站著，像是在等候指令一般。

「將實驗體搬出來吧！」狂客博士嘶啞的聲音響起，然後走到艾爾的旁邊，拿起桌上的資料細細地看了起來。

旁邊的鐵門在這個時候打開，一個又一個的巨大鐵籠子被推了出來。尖銳而且嘈雜的嘶吼聲從中傳了出來。

關在裡面的是一隻又一隻的黑猩猩。細數下來，總共有十個鐵籠被推了出來。

而那些推著鐵籠的苦力，只要看上一眼，就會讓人睡不著覺。兩個腦袋的、眼珠到處亂轉，不斷流口水的、臉頰長鰓的等等，各種奇形怪狀的樣貌似乎都聚集在這了。

因為黑猩猩們似乎已經知道自己接下來命運，所以他們拼命的掙扎。為了穩住鐵籠，苦力們使出吃奶的力氣，這也讓他們原本就奇怪的外表變得更加猙獰。

不過實驗室裡的人，並沒有因為這些奇怪的生物的出現而露出一絲異樣的神色，似乎他們已經習以為常了。

唯一比較特別的，是推著中間鐵籠的那個苦力。因為他是唯一一個單獨搬運的「人」；其他的人都要兩個甚至更多才可以搬得動那些籠子。

胸前生出的第三隻手，似乎讓他的力氣變得無窮無盡。輕易地推動籠子，臉色上並沒有出現吃力的表情。跟其他推籠子的人相比，他並沒有畏畏縮縮，只顧做自己的事，反而是好奇的東張西望。

在他東張西望的同時，艾爾也好奇地看著他。似乎是注意到艾爾的目光，他朝艾爾這邊看了一下。一開始還有些猶豫，不過沒有多久他就露出一個不算好看的微笑。

看到這樣的表情，艾爾愣了一下。這樣的笑容，對艾爾來說實在是太罕見了。除了狂客博士之外的少數人，似乎都沒有人跟艾爾有其它的交流，就好像艾爾從來都不存在似的。

就在艾爾猶豫不決的時候，「唰」的一聲，伴隨著鮮紅色的花朵在潔白的室內綻放。

一條長長的鞭痕，劃過那個三手怪人的臂膀。滾滾的鮮血淌淌流下，而他前方籠裡的猩猩，正伸出舌頭舔掉那飛濺到他臉上的血液。

或許是那濃濃的血腥味刺激著猩猩們，每個籠子裡的猩猩忽然變得更加躁動不安。狂暴的搖動中，不少鐵籠搖搖晃晃的連同那些搬運的苦力們翻倒在地。

一時之間，原本嚴肅、安靜的實驗室變得混亂不堪。

不過這樣的情形似乎沒有對艾爾造成影響，他正對著那個站在狂客博士旁邊，手拿鞭子的高大白衣人怒目而視。

就在艾爾準備開口說話的時候，狂客博士冷冷的環視著混亂的實驗室。平淡卻清晰的聲音從狂客博士的口中傳出。

「難道我之前說過的禁令並沒有完全的發布出去嗎？」

聽到狂客博士的話，那些忙著安撫籠內猩猩的人通通都安靜了下來。一時之間，整個實驗室裡，只剩下那些猩猩的吼叫聲。

那個手持皮鞭的白衣人，雖然看不見他遮掩在口罩之下的表情，不過從他而頭上不斷冒出了汗水看來，他現在十分的驚恐。

「有……有……禁令……已……經……全部……」斷斷續續的話語從他的嘴中傳出，不過這時已經沒有他揮鞭那時的犀利了。

狂客博士皺著眉頭看向艾爾，發現艾爾也用同樣的表情注視著一切。他緩緩的走到一個控制平台的前方，毫不猶豫地按下了一個按鈕。

霎時之間，藍色的雷光布滿整個實驗室，「劈啪」的聲響清晰地從鐵籠那傳出。不論是籠中的猩猩，還是那些來不及閃開而被壓在底下的搬運怪人，都受到雷電的襲擊。

短短不到三秒的時間，使得整個實驗室都安靜了下來。那些遭受電擊的人還有猩猩，全部都軟軟的趴倒在地，生死不知。

「更換實驗體。」狂客博士說完這句話之後，就走到他原本做實驗時的位置上了。雖然做實驗的時候都是嚴肅的，不過經過這樣的事情之後，今天的氣氛變得格外沉重。

一切都有條不紊地進行著。又是十隻黑猩猩被推了進來，原本弄亂的地方來了另外一批怪人快速的打掃乾淨。

對於這一切的發生，艾爾始終沉默著。皺著眉頭，默默的不知道在想些什麼。

「艾爾。」忽然地，狂客博士輕喊了一聲艾爾的名字。這也驚醒了原本默默站立在原地的艾爾。

「是，博士。」原本還有些呆愣，在聽到狂客博士說話後，艾爾迅速的站好，回應狂客博士。

雖然狂客博士明顯的知道艾爾的狀況並沒有準備好進入實驗，不過他只是挑了挑他那極為不對稱的眉毛，輕聲地說：「剛才你跟我要求過，想要學習製造生物的技巧。雖然我當時回絕過你，不過你還記得我說了些什麼嗎？」

「你那時候說，要我在跟你多學習一段時間……難道……」艾爾輕聲地回答，不過說到最後，他逐漸露出驚喜的表情。

「對！雖然你的技術還不夠達到那種程度，不過看過你剛才的實驗之後，我還是決定將一些較為基本的東西教給你，我相信你已經可以獨當一面了。」狂客博士說完，也不等艾爾回應，他就已經開始指揮其他的研究人員進行實驗了。

得到狂客博士的肯定，艾爾露出驚喜的笑容，快速的走到狂客博士的身邊，記錄起一些重要的實驗參數。

這個時候，所有的事情都準備就緒。

狂客博士緩緩地開口，說道：「基因複製的技術已經被我們攻克，現在我們正朝著分解、重組無機物，使其成為一個有機生命體邁進，不過今天我們的主題並不是這個，而是希望將那些實驗體的細胞、器官，更甚至是身體轉換為任何一種生物，開始吧。」

在狂客博士說完之後，所有人都開始行動了起來。儘管沒有任何語言上的交流，不過所有的事情都有條不紊地進行著。

十隻猩猩被分散了開來，有的被注射藥劑，有的被浸泡在一些未知的液體裡。而艾爾他們面前的這隻猩猩，在胸口的位置上接上了一條電擊。

猩猩瘋狂的搖晃著鐵籠，對著狂客博士他們咆嘯，不過這樣的情況似乎所有人都已經習慣了。

冷漠的看了一眼，狂客博士身旁的一位技術人員，按下了一個按鈕。霎時之間，那隻猩猩痛苦的抽蓄不已。不過這樣的痛苦並沒有持續多久，短短兩三秒的時間，猩猩抓著鐵籠的手緩緩的落下。

一位技術人員走上前，將猩猩胸口上的電極取下，拿出聽診器聽了下，轉過頭對狂客博士說道：「已經沒有生命跡象，博士。」

狂客博士緩緩的點了一下頭，對著除了艾爾之外的五位技術人員說道：「所有的實驗流程在之前都已經討論過了。屍體的新鮮度有著時限，我們的時間不多，開始吧！」

說完之後，其中兩位研究人員走上前，開始解剖猩猩的屍體，而另外三位則推出一架機器，小心謹慎的調整著。

至於狂客博士，他則是從猩猩的心臟上切下一小片肌肉，走到顯微鏡之下，滴上一些液體之後，觀察著。

艾爾走上前，從旁邊的螢幕上看著那小片肌肉的變化，時不時的紀錄一些資料。

逐漸的，原本已經死亡的細胞，緩緩的活動了起來。不過艾爾並沒有因為這詭異的畫面而驚訝，他神色如常地看著、記錄著。

一旁的狂客博士也專注的看著螢幕，對那開始緩緩移動的細胞露出微笑，不過他的眉頭卻時不時地皺在一起。

就在他們觀察的同時，兩位技術人員走上前來，說道：「解剖完畢，裝置也調整完成。」

狂客博士的目光從螢幕上移開，快速的走到那已經被放置在機器底下的猩猩屍體前面。艾爾緊隨著狂客博士的腳步，走到旁邊，認真地看著。

這是一台巨大的機器，一個凹槽剛好可以放置那隻猩猩的屍體，機械手臂上的針尖，正穩穩地停留在被開膛剖肚而裸露在外的心臟上方。

狂客博士從一旁的架子上拿起一支針筒，緩慢而穩定地將他剛才滴到肌肉細胞上的液體注射進猩猩的心臟中。

當液體完全注射完畢不到一分鐘的時間，心臟表面的血管緩緩地張縮著，而心臟卻沒有任何的動靜。

所有人都緊張地看向一旁的顯示螢幕，一條複雜卻極為規律的波線出現在大家眼前。

這時，狂客博士快速的下令：「通電！艾爾紀錄細胞活動數據。」

淡藍色的光芒從心臟上方的針尖傳出，在電擊停下時，狂客博士又抽出一支針筒，將另外一管液體打入心臟裡面。

「電擊，調整伏特。」

狂客博士的指令快速的執行著，而艾爾正專注地看著那些不斷跳動的數據，手上的筆迅速地在紙上飛躍。

當電擊停下之後，所有人都緊張地注視著那顆心臟。當艾爾紀錄完最後一行數據之後，也加入他們的行列。

原本微微蠕動的血管明顯的張縮，而靜止的心臟也開始跳動了起來。在心臟表面，那些肌肉開始出現一些破裂，不過沒過多久就穩穩的密合起來。

所有人都露出開心的神色，不過他們並沒有一點放鬆，反而更加專注的觀察著。

就在這時，一旁的螢幕發出「滴滴」的聲響，只看那原本規律的波形變得更加複雜，只不過本來還能看出的規律變得亂七八糟。

所有人只看了螢幕一眼，就失望地看向那顆心臟，緊繃的肩膀漏氣似的鬆懈了下來。只看到原本還是血紅色的器官，已經變成灰黑色，只有一小部分的心臟位置，保留著一點的紅色。

而那些灰黑色的部分正慢慢的腐爛，陣陣的臭味一散開來。這時艾爾從旁邊拿起手術刀，走上前將整個心臟取下，也從那些腐爛的器官上取下一些些的碎肉。

艾爾的行動並沒有被人制止，所有人跟著他走到原本狂客博士觀察心臟肌肉的那台顯微鏡前。

只見那原本還緩緩移動的細胞也變成黑灰色，死寂的停在原地。

艾爾小心的將心臟切片，耐心的觀察起來。在他看完所有他取回的樣本之後，緩緩地說道：「除了少部分的細胞改變並保留活性之外，其他的都已經遭到破壞。不過從其中的痕跡看來，那些壞死的細胞都是在改變的途中而突然壞死。」

「基因檢查的結果出來了。」這時，剛剛被艾爾吩咐的一個研究人員興沖沖的走過來，「猩猩的基因確實有一小部分轉為山豬的基因。」

聽到這個結果所有人都相互擊掌。只有狂客博士看著艾爾，問到：「剛剛你紀錄的結果如何？」

「一開始挺順利的，不過在博士第二次注射藥劑之後，數據出現小範圍的變動。恢復正常沒過多久，就完全超出之前推測的範圍了。」艾爾答道。

「那你覺得是什麼因素造成？」在狂客博士說話的同時，其他的研究人員也圍了上來。

「基因改變的只有心臟表面，而更深入的部位則維持原狀，可能是血液流動的關係，帶動藥劑流向其他部位。下次進行實驗的時候，應該將血液的流動限制在心臟部位。」艾爾從容的答道，並且在他手上的本子上記錄著。

聽到艾爾的回答，狂客博士開心的笑了一下：「很好，今天的實驗就到這裡吧。艾爾，你可以回家了。」

「不再重新做一次實驗嗎？還有其他的實驗體吧？」艾爾皺著眉頭問道，似乎對於實驗的結束不太滿意。

「呵呵！你之前的那個實驗進行了四、五天吧。你該回去休息了，要不然珍妮又會擔心的。」狂客博士說道。雖然他的語氣輕鬆，不過卻不容置疑。

一開始艾爾還對狂客博士的話不以為意，不過聽到「珍妮」之後，他才點了點頭。將東西收時完畢之後，他對已經進入下一個實驗的狂客博士打聲招呼，走向實驗室的大門。

堅定，但有些疲憊的離去。

離開實驗室之後，艾爾左彎右拐的行走了一段距離，終於出了那充滿緊張氣息的建築群。

在他的前方，是一大片的空地，一排整齊而精美的街燈照亮上方的黑暗。

「晚上了啊！」艾爾抬頭看著，輕聲地說道。

在原地站了一下，艾爾沿著街燈向前，緩緩的步行向前，偶爾還能在街燈旁的椅子上看到一些倆倆相伴或獨自休息的人。

不過艾爾並沒有多做停留，行走了好一段距離之後，開始出現一整排相同的別墅。經過一個又一個花圃，艾爾在其中一棟別墅前停了下來，微笑的看著大門前的兩個身影。

「你回來啦。接到博士的電話，算算時間你也應該到了。」帶著細框眼鏡的知性女人溫柔地說道。

「我自己就有帶鑰匙，妳們不用等我的，珍妮博士。」艾爾笑著開口。雖然他這樣說，不過他還是露出開心的表情。

「是啊，是不用等你的。要不是狂客博士的命令，你不知道還要在實驗室待多久。真不知道那裡到底有什麼吸引你的地方？快進來吧，都已經準備好了，就等你這個主角回來了。」另一位稍微嬌小的女孩，略帶責怪但是不失俏皮地說道。

她跟艾爾長得極為相似，不過看起來卻比艾爾成熟許多。

「這妳就不知道了，那實驗室的魅力啊……對了，賽兒，妳說準備好什麼了？為什麼要等我？」艾爾疑惑的問道。

「啊！真是的，今天是我們兩個的生日耶。這麼重要的事情，你怎麼可以忘記呢。」賽兒誇張地嘆了口氣。

「對喔，妳不說，我都忘記了耶，哈哈。」艾爾聽到之後，不太好意思地抓了抓頭。

「好了，還要站在這裡多久，該進來了。」珍妮說完之後，抓住兩人的手，走進屋裡。

就在廳堂的桌子上，擺著一個巨大的蛋糕，上面還插著十八根蠟燭。柔和的燭火，雖然只能照亮一小部分的黑暗，不過卻讓人覺得十分溫馨。

參加生日派對的人，連同急忙趕來，而且還沒脫下實驗衣的狂客博士，只有四人。冷清，但大家卻似乎習以為常。

在艾爾還有賽兒吹熄最後一根蠟燭後，狂客博士將手中的一條項鍊戴到艾爾的脖子上。

那是一條人體形狀的項鍊，而在人體之外，環繞著一圈又一圈的鐵鍊。儘管有著鐵鍊的束縛，鍊上的人臉卻狂熱地笑著。

狂客博士的動作小心而細微，當他將項鍊為艾爾戴好之後，慎重地對著艾爾說道：「科學的世界，神祕而廣博，我們所了解到的只是其中的一小部分，其它的範圍都如同這項練般，被鐵鍊牢牢地圍著，等待我們去一一解開。孩子，生日快樂。」

說完這些話之後，狂客博士連蛋糕都不吃，推開大門走向實驗室的方向。

一旁的珍妮默默地看著狂客博士的動作，聽著他說的話，隱藏在她眼鏡下的眼睛留露出微微的憐憫，輕聲的嘆了口氣。不過因為她站的位置是在所有人的背後，所以並沒有人注意到她的表情。

在門關上之後，她走上前，對著艾爾和賽兒說道：「來，這是我送你們的生日禮物，生日快樂。先吃蛋糕吧，禮物待會再拆。」

賽兒接過那方形卻有些薄的禮物，緊緊地抓在手裡，吃蛋糕的時候都捨不得放開。慶生派對簡單而溫馨的結束了，珍妮一邊催促著想要幫忙的兩人上床睡覺，一邊打掃。說不過珍妮的堅決，艾爾拉著賽兒的手走向他們的房間。

一關上門，賽兒迫不及待地將她手中的禮物拆開，拉著艾爾一起看了起來。

在她手中的是一本天文學的書，神祕夢幻的星空印在封面。單是這張圖片，就吸引著兩人的目光。

「真美啊，你說是吧，艾爾。真的有這樣的星空嗎？在另一個世界？」賽兒轉過頭，對著艾爾問道。

「什麼另一個世界，我們不就生活在這世界中嗎？」艾爾皺著眉頭說道。

「可是我聽珍妮博士說過，走到我們現在這個世界的盡頭，就可以看到這樣的星空。」賽兒看著艾爾說道。

「狂客博士說，世界只有一個，天空就是我們現在看著的那片天空，根本就不存在什麼星星。」艾爾一邊說道，一邊翻著書本，看著那一個一個的星球、一個一個的星座。

「可是我還是覺得……」

「別說了，狂客博士說的話不會錯的，珍妮博士可能是看你無聊，才會送你這樣夢幻的書。星空……怎麼可能！」不等賽兒說完，艾爾就打斷她說的話。隨手將手中的書本闔上，丟到一邊，有些煩躁地將燈關掉。

「睡吧。」

黑暗的房間裡，不再傳出任何聲音。生日過後的歡樂，似乎隨著燈的熄滅，一起埋沒在這黑暗之中。

第二章、父

細碎的聲音不斷地傳出，顯示主人煩躁的心情。

「真的是假的嗎？艾爾？」賽兒的話一傳出，那些細微的聲響頓時停止。

良久都沒有得到回答，不過賽兒卻很有耐心地等著，靜靜的看向睡在另一張床，並且背對著她的艾爾。

「狂客博士……」過了許久，才從艾爾的床上傳來悶悶的聲響。

不過賽兒並沒有聽他說完，而是自顧自地說道：「為什麼在跟其他鄰居聊天的時候，聽過另外一個世界這樣的話呢？雖然他們看到我，都會停下那個話題，不過我確定我確實聽過呢。而且……其他的小孩，為什麼會叫那些大人……爸爸……媽媽？」

聽到這裡，艾爾緩緩地坐了起來，愣愣地看著窗外黑色而單調的天空。

兩人陷入一段時間的沉默，各自想著些什麼。

「我們也有父不是嗎？狂客博士不就是我們的父嗎？」艾爾轉過頭來看著旁邊的賽兒，有些勉強地笑著說道。

「是啊，他是我們的父，不過為什麼他卻從來不讓我們這麼稱呼他？他也說過，珍妮博士是我們的照顧者，不過為什麼，我們也不能叫他媽媽？雖然珍妮博士同樣對我們很好，不過看著那些鄰居，我總覺得我們的家好像少了些什麼？你說呢？艾爾？」賽兒定定地望著艾爾，渴望地想要知道答案。

面對賽兒這樣地注視，艾爾的眼神飄忽不定，就是不知道，或者不敢回應賽兒地注視。

「我也不知道，賽兒。這樣的生活，我們已經過了十八年了，不是嗎？一切都是那麼的真實，不是嗎？」艾爾輕聲地說道。

「那……如果真的存在另外一片天空，你要怎麼辦？艾爾？」賽兒問道。

這一次的問題，並沒有得到任何的回應。

寂靜的黑夜，再次襲罩著房間。襲罩著這片天地。

＊　＊

當清晨的第一絲光亮悄悄地溜進房間裡，艾爾緩緩地張開眼睛，悄悄地看了旁邊賽兒的床，發現賽兒還沒有起床後，艾爾輕手輕腳地爬了起來。

走到昨天被他隨手丟放的天文書旁，艾爾小心翼翼地拿起來拍了拍，隨意地翻開，神色輕鬆地瀏覽，不知不覺地入了迷。直到賽兒的聲音傳來，他才被驚醒過來。

「艾爾，你起來怎麼也不叫我？早啊！」賽兒帶著略有迷濛的口氣說道。

聽到這突如其來的招呼聲，艾爾的臉上露出微微驚訝的表情，不過背對著賽兒的身影並沒有過多的表現。

看似不在乎卻極為輕緩地將手中的書放在床頭櫃上後，艾轉過頭來，看著賽兒。

不過看到賽兒起床後的模樣，艾爾那張似乎隨時都保持沉著、冷靜的臉龐不由自主地露出笑臉。

只看到賽兒那齊肩的短髮隨意地亂翹，圓圓的臉蛋有一大片紅色的睡痕，嘴角還掛著未乾的口水。張大嘴巴打著呵欠，手無意地撥弄著頭髮，將原本就不是很整齊的髮型弄得更加蓬亂。

看著賽兒的動作，艾爾終於忍不住笑了出來。

似乎是疑惑艾爾為什麼發笑，賽兒迷糊地看了鏡子一眼。發現自己的窘態之後，賽兒有些生氣地走進浴室，一邊走還一邊嘟囔著：「又不是沒看過，每天我起床的時候不都這樣嗎，有什麼好笑的？」

「哈哈！待在實驗室的時間長了，每次回家的一大樂趣就是看妳起床時候的模樣。怎麼看怎麼好笑。」艾爾一邊說，一邊走向客廳。

陣陣的香味，正吸引著他。

「起來了，怎麼不多睡一會？今天是你們兄妹倆成年的第一天，早餐準備得很豐盛呢！」珍妮的聲音從廚房的方向傳來，伴隨著地還有那一陣陣食物的香味。

「早啊，珍妮。今天還要去實驗室，所以就早點起來了。」艾爾經過客廳，走向廚房，將已經準備好的餐點擺向餐桌。

這時候梳洗完畢的賽兒也精神飽滿的走了過來，不過似乎還是有點生氣艾爾剛才無禮的嘲笑，經過時還用力地朝艾爾的腳踩去。

雖然賽兒的動作十分地突然，不過艾爾卻輕易地閃過，還笑嘻嘻地看著賽兒。

更加氣惱的揮了一拳，不過這一次艾爾並沒有閃開，而是任由拳頭碰到自己，並且露出誇張的疼痛表情。

「早啊。」

「早啊。」

兩人對視了一眼，都開心地說道。

這時珍妮也將最後的幾道餐點端了過來，看著兩人，開心地笑著。

不過當他們坐下準備吃飯的時候，珍妮略帶無奈地問道：「艾爾，難得你的實驗才剛結束，今天又要去實驗室嗎？休息幾天應該沒關係吧！」

「欸！又去實驗室，你乾脆把床搬過去算了。」賽兒也在一旁抱怨地說道。

「嗯，因為實驗有了一些進展，所以想要加緊時間，多做一些研究，看看可不可以將這次的議題攻克。」儘管她們有所抱怨，不過艾爾還是面帶淺淺的微笑回答道。

除去這樣的小插曲之外，這一頓早餐十分的愉快。艾爾和賽兒之間的談話也輕鬆無比，似乎昨天的談話從未發生過。

當艾爾走出家門的時候，天色已經大亮。道路上也出現許多的人，幾乎都朝著實驗室的方向走去。

偶爾看見早起的小孩，打打笑笑的從艾爾的身邊跑過，不過似乎他們都有意無意地遠離他。對這樣的情形，艾爾已經習慣了，所以他還是自顧自的向實驗室的方向走去。

就在這個時候，一個矮小的身影吸引了艾爾的目光。凌亂不齊的怪異髮型、髒亂不堪並且嚴重褪色的服裝，在這整潔的街道及穿著潔白實驗衣的人群中顯得極為顯眼。

不過，引起艾爾注意的並不是他跟周遭的比起來格格不入的衣著，而是源於艾爾的好奇心。

胸前多出的那隻手，使得人們可以輕易地記住他。那個在之前實驗時搬運猩猩，卻因為對艾爾微笑而被鞭打的怪人，手中拿著清潔的用具仔細地清掃著街道上的邊邊角角。

艾爾駐足了許久，不知道該不該上前搭話。早在艾爾五、六歲的時候，因為受不了孤單，鼓起勇氣跟賽兒等其他之外的人說話。每個見到艾爾主動上前說話的人，都露出略為惶恐及有些避之唯恐不及的表情，除此之外的大概就是一絲令艾爾不解的憐憫。

一次、兩次的失敗並沒有澆熄艾爾渴望朋友的心，一直到後來，所有見到艾爾靠近的人，都會疾步地離開原地。這樣的情形令艾爾大受打擊，久而久之，艾爾不再去理會這埋藏在他心中的渴望，將他的一切都投入在實驗之中。而這樣所改變的結果，大概就是那些原本看到艾爾接近時就快速離開的人們，能夠留在原地，就好像根本就沒有艾爾這個人似的。

似乎是注意到艾爾注視的目光，三隻手的怪人轉過身來，看向艾爾。他那粗壯的身軀變得有些削瘦，眼窩及臉頰都有一些微微的凹陷。

看到艾爾正注視著自己，他不由得縮了一下肩膀，這樣的動作深深的刺激著艾爾的心。

原本在猶豫中伸出的腳步，有些怯縮的收了回來，艾爾的眼中藏著深深的失落，不過他掩飾的極為完美，幾乎微不可見。

就在艾爾假裝若無其事地轉身時，一個讓他熟悉無比的身影走了過來。

「怪蟲，這裡打掃完之後，就去清洗那些籠子吧。希望這樣的教訓能夠讓你記憶深刻。」狂客博士居高臨下地注視著他口中的「怪蟲」。

雖然狂客博士的身高並沒有很高，不過他的高傲神情及態度卻讓人不敢違背。

怪蟲順從的點了一下頭，輕聲地說道：「是，我的父。」

聽到怪蟲對狂客博士的稱呼，艾爾的瞳孔微微地收縮了一下，不過他還是面無表情地看著。

這時，狂客博士才注意到站在一旁的艾爾。臉上的表情從冰冷轉換為溫和的微笑，緩步走到艾爾的前面，拍著他的肩膀說道：「要去實驗室？艾爾。」

「是啊，希望能有一些突破。」艾爾一邊點頭一邊說道。

聽到艾爾的回答，狂客博士拍拍艾地的肩膀後說道：「那就跟我一起吧。」

看著狂客博士逕自轉身的背影，艾爾留在原地沒有馬上跟上去。他先是看了怪蟲一眼，發現怪蟲同樣看著他。

遲疑了一陣子，艾爾試探性地對怪蟲露出一絲淺淺的微笑。看到這樣的笑容，怪蟲明顯的楞了一下，兩邊的手同時抓向中間的那隻手，糾結的扭轉著。

不過怪蟲沒有讓艾爾等太久，他同樣露出了一個跟他之前在實驗室露出的笑容一樣，雖然彆扭、醜陋，不過艾爾卻覺得滿心喜悅。

突然的，怪蟲收斂起臉部上所有的表情，快速地背對艾爾。就在艾爾不知所以的時候，狂客博士的聲音從後面傳來：「走啦，艾爾。你不是也要去實驗室嗎？」

這個在平時艾爾聽起來熟悉無比的聲音卻帶給他極大的驚嚇，不過他小小地做了個深呼吸後，沉著地走到狂客博士的旁邊，一起走向實驗室的方向。

他一邊走一邊緩緩地回頭，看到怪蟲已經轉了回來看著他，艾爾小小地揮了一下手，踏著較之平常輕快的腳步走著。

「你今天怎麼了嗎，艾爾?怎麼跟平常不太一樣？」狂客博士疑惑地問道。

「是嗎?應該是昨天剛過完生日的關係吧，覺得挺開心的。」艾爾輕快地回答，不過他的臉上已經沒有了隨意的表情，因為實驗室的大門已經近在眼前了。

看著明顯反常的艾爾，狂客博士輕輕的挑了一下眉，不過也沒有多說什麼。只是在他們將要踏入實驗室之前，按住艾爾的肩膀意識他停下腳步。

「怎麼了嗎？博士？」艾爾疑惑地問道。

「你介意提前幾天進行SSS-1的實驗嗎？」狂客博士好像想到什麼，突然有些興奮地問道。

「那不是每個月才會進行一次的嗎？怎麼這次提前了十多天？不過如果博士想要提前的話，我並不會介意的。」對於狂客博士奇怪的表現，艾爾並沒有多說什麼，很爽快的同意了狂客博士的要求。

「雖然提早了一些時間，不過我覺得可以進行一些大膽的嘗試。你放心，就算出了一些問題，一切也都在我的掌握之中。」在狂客博士說完最後一句話的同時，他的手安撫似地拍了拍艾爾的肩膀。

看著狂客博士嘴中說著關心的言語，可是臉上卻露出狂熱的表情，艾爾知道，這是狂客博士想到什麼突破性的做法時常露出的表情，不過這一次他卻覺得心中的想法不再像之前一樣。

在以前，狂客博士說什麼，艾爾只會完美的將它完成。不過這一次，他卻遲疑了一下。只是這樣的遲疑只是極為短暫的一瞬間，短暫到艾爾自己和狂客博士都沒有發現。

先一步走在狂客博士之前，艾爾站在實驗室的最深處，將他的手放在巨大大門旁邊的感應器上，又再讓眼睛被掃描一次，經過較進入其他實驗室更為繁雜的步驟之後，那扇巨大的大門終於緩緩地打開。

兩人一起走進這巨大的實驗室。經過一個又一個的房間，到達了這間實驗室的正中央。在之前經過的房間門上標示著一個又一個的符號及數字，不過現在艾爾他們站著的位置上空空如也，只有在潔白的地上標示著「SSS-1」。

狂客博士熟練地站在上面，從口袋中拿出一台小小的機器，按了幾個鍵後，空地的周圍出現一台又一台的機器，而在那「SSS-1」上浮出一個剛好可以容納一人的透明艙。

艾爾自動地躺在旁邊的實驗床上，而狂客博士則迅速的配置著一瓶又一瓶的藥劑，然後將它們注射到艾爾的身體中。

在注射完藥劑後的三十分鐘，狂客博士拿出一根幾乎微不可見的針頭從艾爾的心臟、腦部、脊髓等位置抽取出一點血液。

在做完這一系列的動作之後，艾爾有些無力的走到透明艙中。在艙門即將關上的前一刻，艾爾問道：「博士，剛才我聽到怪蟲叫你『父』，為什麼你不讓我也這樣叫你呢？」

艾爾突如其來的問題，讓狂客博士停下所有的動作，原本極為專注的表情也變得僵硬無比。不過他很快地就調整回來，露出一個略有勉強的笑容答道：「因為你比他們都還要完美，你是不同於那些苦力的。」

「那賽兒呢？她並不像我這麼完美，她也存在一些缺陷，為什麼你也不讓她這樣稱呼你？」艾爾脫口而出，不過在他說完的同一時間，他露出明顯後悔的表情。

「這樣的問題就到這裡吧，藥效已經快要消失了。」狂客博士冷硬的回答，然後有些不耐地將艙門關上。

被關在透明艙裡的艾爾安靜了下來，不過後悔的表情還是停留在他的臉上。就連那些淡黃色的液體開始充斥他的周圍，也沒有絲毫影響到他。

淡黃色的液體中不時地傳來微弱的電流，酥麻的感覺讓艾爾放鬆下來。

透過透明艙，艾爾注視著狂客博士的一舉一動。先是看到他從編號「SS-98」房間中拿出一具人形的物體放在剛才艾爾躺過的實驗床上。然後又將剛才從艾爾身上抽取出來的液體注射進去後，做出一系列的調整。

艾爾專注地看著狂客博士的所有動作，當狂客博士操作結束，那些透明艙中的液體也變成透明無色的了。

狂客博士打開艙門，等著艾爾換上一套新的衣服後，開口說道：「剛才的流程你都記住了嗎？」

「大致上都可以了，一些細微的地方熟悉一下就沒有問題。」艾爾回答道。這時候他的表情變得極為嚴肅，絲毫不見剛才的樣子。「不過，為什麼博士這次沒有幫我麻醉，之前的實驗博士不是都會先幫我麻醉後才開始嗎？」

「因為你那時候的身體還沒有發展健全，剛才用儀器測量，你現在的狀況不錯，所以我也打算讓你看看這項實驗。」狂客博士說道，不過在他說話的時候，他的眼睛一直都注視著那個躺在實驗床上的人形物。

聽到狂客博士的回答，艾爾也不再多說什麼，同樣的將他的視線投置在那個人形物上。只見那個人形物上的表層開始蠕動，原本蒼白的皮膚也露出一絲絲的血紅，整體看來就跟一個人沒什麼兩樣。

不過這樣的情況沒有讓兩人放鬆下來，他們的目光反而變得更加專注。就在紅色變得越來越鮮豔的時候，狂客博士拿出兩副護目鏡，並將其中一副交給艾爾。

紅色變的深邃，甚至已經完全取代了皮膚的顏色。看到這樣的情況，狂客博士將護目鏡戴上，一旁的艾爾也同樣如此。

人形物的表皮開始出現裂痕，滾滾的血液不斷地流出。幾乎就在血液流出的同時，狂客博士毫不猶豫地按下了一旁機器的按鈕。

藍白色的電光充斥著整個實驗室，不過其中的電流完整的集中在那實驗床的人形物上，沒有一絲外溢。

刺眼的光芒持續著，不過戴著護目鏡的兩人可以輕易地看見埋藏在電光下的一切。似乎是達到了狂客博士的需求，他按下機器的按鈕，一瞬間所有的雷電都完全消失，就好像沒有出現過似的。

艾爾皺著眉頭注視著那躺在實驗床並且被血液包裹的人形物，一面思考著什麼。

「你想到什麼了嗎？」狂客博士一邊問一邊記錄著他所觀察到的情況。

「『SSS-1』的實驗目標應該是無差別複製，我說的沒錯吧？」艾爾一面問，一面到一旁的白板上計算著什麼。

「對。」博士簡短的回答，同樣的連頭都沒有抬起來一下。

「想要複製一個人，又不想要從受精卵開始培養……自製一個跟人體相似百分之九九的『容器』……利用電擊將基因植入容器內……」艾爾低聲的喃喃自誇。

「基因乘載液的相容性、電擊的係數、『容器』與我的通聯性，這是我目前想到的三個問題，不過我比較看重容器與我的通聯性。」艾爾抬頭注視著狂客博士說道，而同時狂客博士也注視著艾爾。

「為什麼你會偏重通聯性？」狂客博士問道。

「通聯性的可變因素較多，先說透明艙的培養液就需要隨機調整，還有想要在基因乘載液失去活性之前調整『容器』與我的吻合度，時間上來說太短了……」艾爾說著。

不過就在艾爾開口想要說下去的時候，一個聲音逼得他不得不停下來。

「父。」

也因為這個聲音，艾爾十八年來第一次露出如此驚駭的表情。

他看了狂客博士一眼，緩緩地轉頭盯著聲音的來源，久久說不出話來。

第三章、第一個朋友

「父。」原本躺在實驗床上並且渾身是血的人形物緩緩地坐了起來，看著狂客博士說道。

相較於滿臉驚駭的艾爾，狂客博士只是一臉平靜地看著。當人形物完全坐起之後，他才說道：「去那裡換上衣服後再來見我。」

順著狂客博士厭惡、不耐的手勢，人形物乖順地走過去。在他行走的期間，身上的血跡快速地變乾，並且裂成一塊一塊地掉落下來。

艾爾的視線至始至終都沒有離開過他，而狂客博士則自顧自地為下一個實驗做準備。直到人形物的身影消失在房門邊，艾爾的目光才投向那些已經剝落在地的血塊上面。他輕輕地撿起一塊稍微細小的血塊，放在鼻前聞了聞，又將它放到顯微鏡下觀察。一切的動作都在狂客的眼中，不過狂客博士並沒有多說什麼，而是繼續做著自己的事。

「父，接下來有什麼吩咐嗎？」略帶一些嘶啞的聲音打斷了艾爾的觀察，就連狂客博士也緩緩地抬起了頭。

出現在兩人眼前的是一個皮膚充滿裂紋、頭髮稀少而呈現血紅、嘴巴大的不成比例的怪人。

艾爾用力地眨了眨眼睛。雖然驚訝，不過沒有再像剛才那般失態的看著眼前的人。

「裂皮。你以後就叫做裂皮。將地上的血塊清掃一下，就出去吧。去詢問你的兄弟們接下來的工作。」狂客博士抬頭看了一眼後，又回去做他自己的事，漠不關心地吩咐道。

「是，我的父。」人形物，應該稱作裂皮了，恭敬的回應道。

艾爾停下手邊的所有事情，注視著裂皮清掃地板。本來艾爾是不會將他的時間浪費在這樣無意義的事情上面，不過今天的實驗似乎帶給他太多的衝擊。

就在裂皮將最後一片血塊撿起來之後，他也注意到一直注視著他的艾爾。投以好奇的目光，兩人就這樣想互注視著。

「哼！」一聲低沉而清晰的鼻音聲打斷兩人的注視。

狂客博士皺著眉頭，目光中帶著些許的厭惡及不耐盯著裂皮。

被這樣的目光盯著，裂皮不由自主地低下了頭，拖著微駝的背緩緩地走出實驗室。

「博士，他的樣子……他的樣子不就跟那些苦力……」艾爾有些艱困的說著，這也是他第一次無法將他想要說的話完整的表達。

狂客博士皺著眉頭注視著艾爾良久，然後表情有些冷漠的說道：「對，那些苦力的來源就是這個實驗。那些失敗品也只有資格為這裡奉獻他們不值錢的勞力。在他們成形之前，我就已經將奈米晶片植入他們的腦中，所以他們也沒有必要從新學過。」

「包括他們對你的稱呼嗎？」艾爾低著頭問道，略長的瀏海遮住他的臉，讓人看不清他現在的表情。

「我製造出他們，理所當然的，我就是他們的父。」狂客博士回答的時候，已經開始著手進行下一個實驗了。

「那我跟賽兒呢？」艾爾的聲音有些乾癟。

聽到這個問題，狂客博士的肩膀明顯的僵了一下，然後他轉過身來，面無表情而語氣有些不耐地對著艾爾說道：「你跟賽兒的情況不太一樣。」

「哪裡不一樣……我也是你製造的嗎？」艾爾有些激動的問道，同時他的肩膀也出現微微地顫抖。

聽到艾爾的問題，狂客博士注視艾爾的眼睛瞳孔縮的跟針尖一樣，「我……是你們的照顧者，不是你們的製造者……」

看著狂客博士變得有些猙獰的臉龐，艾爾的嘴巴張了又合。就在他想著要說些什麼的時候，狂客博士先一步開口了，「這個話題就到這裡吧。我知道今天的實驗對你有很大的衝擊，回去好好休息吧。」

這時候的狂客博士已經恢復平靜，臉部雖然還是有些僵硬，不過他勉強地對艾爾露出一絲微笑。

艾爾緩緩地轉過身，走出這個最機密的實驗室。他筆挺的背微微地彎下，竟然跟剛才的裂皮略有相似。

「艾爾，出去的時候，幫我叫實驗助理過來。」狂客博士溫和的聲音從艾爾的背後傳來。

艾爾微不可察的點了點頭，走到實驗室大門外時，按了一個標註「傳喚」的按鈕後，加快腳步離去。

因為「SSS-1」的實驗室是在實驗大樓的最裡面，所以想要走出去需要花費不少的時間。

艾爾的身影有些落寞，跟他平時在實驗室裡所表現的迅速、果決極為不同。這樣的情況也引的那些平常視艾爾為無物，甚至有些避之唯恐不及的人們有些驚訝的看著艾爾從他們的身邊走過。

迷茫的表情本應被瀏海遮住，不過周圍來往的人群行走時所帶起的微風正好讓人可以窺視一角。

渾渾噩噩的走到實驗大樓的大門旁，艾爾的步伐卻突兀的停了下來。心不守神的艾爾重重地撞上矮他一大截的怪蟲，而這樣的撞擊也讓他從失神中清醒過來。

被這樣的力道撞到，艾爾的身體不穩的向後倒去，反倒是怪蟲穩穩地站在原地，並且拉了艾爾一把。

一旁的裂皮也伸手扶了艾爾一把，不過在艾爾站穩之後，迅速的將手縮了回來。

不同於裂皮的怯弱，怪蟲緊張的看了四周一眼，確定無人之後，他才有些結巴的問道：「你還好嗎？」

「是你……我還好，謝謝。」艾爾有些無精打采的回應道。

在艾爾回應怪蟲的同時，裂皮輕輕地抓了怪蟲的衣角，還時不時的四處張望，緊張的情緒充斥著他皺巴巴的臉龐。

這些小動作並沒有逃過艾爾的眼睛，不過他並沒有多加理會。跟怪蟲道謝過後，就抬起腳步準備離開。

不過沒有等艾爾走出兩三步，怪蟲伸出他粗糙的手輕拍了艾爾一下。

這樣的動作讓艾爾落寞的臉龐露出些許的驚訝，他緩緩地停下腳步，轉過身看著身高還不到他胸口的怪蟲。

這時遠方出現了一些人，不過因為距離太過遙遠，所以無法看清他們的容貌。

站在實驗大樓門前的三人都已經注意到走來的人們，艾爾靜靜的看著怪蟲，而裂皮不安的眼神在走來的人群及怪蟲之間來回逡巡，輕拉怪蟲衣角的動作變得驚恐而誇大。

怪蟲的表情也有些猶豫，不過他卻輕輕的將裂皮的手拍離，對著裂皮說道：「你先回去吧，這件事別跟其他人說。」

「可是……我剛才聽他們說……」裂皮怯弱的說著，還看了艾爾一眼，不過因為人群越走越近，他丟下沒說完的話快步離去。

「走吧，被他們看見就不好了。」怪蟲說完之後，看了逐漸走進的實驗人員一眼，舉步走向前方。

艾爾故意落後怪蟲一段距離，不過卻緊緊地跟著。他的臉上除了因為剛才實驗而還沒有消除的落寞之外，還出現了好奇及一絲的興奮。

經過他們的人，並沒有發現其他不對勁的地方。所以他們從一開始的緊張，慢慢地變成自然而然。

兩人繞行了一段距離，終於怪蟲停在一個破敗的小公園裡。他轉過身面對艾爾說道：「艾爾……我可以這樣叫你嗎？」

聽到怪蟲的話，艾爾的眼睛張得更大，臉上的表情雖然有些不自然，不過他的嘴角卻帶著一絲絲高興地微笑。

「嗯，可以。」雖然如此，不過艾爾的回答卻有些僵硬。

伴隨而來的，是一段時間的沉默。最後還是怪蟲主動開口：「你已經知道我們的由來了嗎？」

「嗯……我覺得……很抱歉……」聽到怪蟲的話，掛在艾爾嘴角的微笑消失了，取而代之的是艾爾從沒有過的慚愧。

「為什麼要道歉？」怪蟲張大眼睛看著艾爾問道。

怪蟲的問題讓艾爾變得十分侷促，他緊緊的握著拳頭，說道：「我也不知道，我只是覺得……是我讓你們變得這麼不幸……我也不知道該怎麼說。」

「不幸？我可不這麼認為，雖然是辛苦了一些，不過能活著真是很不錯呢。」怪蟲一邊說，一邊走到一旁的椅子邊撥弄著脫落的油漆。

聽著怪蟲粗啞、難聽的聲音，艾爾卻露出微笑。大步的走向椅子，一屁股的坐了下去。

「為什麼剛才裂皮那麼急著想要離開？是有人跟他說了什麼嗎？因為我聽到他說『他們說』，他們是誰？」艾爾問道。

「……他們就是我的其他兄弟，那些……你知道的，從實驗中誕生的。我們被命令，不能跟你講話、不能跟你接觸。」怪蟲有些艱難的開口。

「為什麼？是誰命令的？」艾爾聽到怪蟲的回答後緊皺著眉頭。

「是……父。」怪蟲回答的時候，身體不由得瑟縮了一下。

「狂客博士？怎麼可能？」艾爾說話的時候猛地從椅子上站了起來，對怪蟲怒目而視。

「是真的，那些管理我們的實驗人員都是這麼說的……我也這樣認為。」怪蟲說。

他激動地向前，抬頭看著高出他許多的艾爾。

「那也就是說你沒有聽過博士說這些話，對吧？」艾爾說著，他的眼睛緊緊地盯著怪蟲。

「……對，不過……」怪蟲說。

不過沒有等他說完，艾爾激動地打斷他要說的話：「夠了，不准你再污衊博士……今天的事我會當作沒有發生過。」

怪蟲看著一臉激動的艾爾，張口想要說些什麼，不過他最終還是選擇了沉默。

「你知道嗎？我第一次見到你的時候，就覺得你跟其他的人，我是說你其他的兄弟，很不一樣。」這次是艾爾打破沉默，他看著怪蟲說道，不過臉上帶著的微笑有些勉強。

「是不一樣，在我誕生的時候，實驗出現意外，所以多出了這個。」怪蟲說道，同時他還揮了揮他胸前多出的那隻手。

「意外？怎麼了？」艾爾好奇的問。

「我也不太清楚，只聽我其他的兄弟說道，好像是實驗的程序錯亂了吧。不過也多虧了那次出錯，植入我腦中的晶片好像出現部分毀損。」怪蟲回答。

「所以你才……」艾爾抓起飄落的枯葉，說道。

「跟其他人不太一樣？我想是因為這個原因吧。而且我也覺得，這樣子的我還不錯。」怪蟲說完之後憨憨地笑了一下。

「話說，這裡是哪？我怎麼不知道還有這樣一個地方。」艾爾環顧四周說道。

聽到艾爾的話，怪蟲有些得意的笑了起來：「這裡是我在一次打掃的時候，無意中發現的廢棄公園，整個實驗室中幾乎沒有其他人知道這裡，所以有時候我會到這裡放鬆一下，當作自己的祕密基地。」

「放鬆？是偷懶吧。哈哈！」艾爾指著怪蟲笑道。

「嘿。」被艾爾嘲笑，怪蟲不好意思地抓了抓頭。

輕鬆的氣氛取代剛才的尷尬，好像有關狂客博士的事情從未被提及過似的。之後兩人聊了許久，艾爾好奇於怪蟲平常的生活，而怪蟲則嚮往穿上實驗袍。

時間在兩人分享、交談之下飛速地流逝，原本明亮的天逐漸轉為紫黑，這也使得他們不得不停下話題。

「怪蟲，你說我還能來這個祕密基地嗎？」艾爾有些緊張地問道。

「當然，只要你做實驗累了，隨時都可以過來放鬆一下。」怪蟲回答。

他們一邊對談，一邊走出公園。在到達公園大門的時候，艾爾停下腳步，對著沒有發現並繼續向前的怪蟲問道：「我們會是朋友嗎？」

聽到艾爾的問題，怪蟲停了下來，轉頭對艾爾露出一個難看卻熟悉的微笑：「已經是朋友了，不是嗎？」

天色已經完全暗了下來，遠處傳來街燈亮起的微光，不過因為距離太遠，這裡還是顯得黑暗。

在這黑暗中，聽到怪蟲回答的艾爾，輕輕地笑了起來。

第四章、世界的盡頭

「艾爾，從剛才開始，你一個人在那裡笑什麼啊？」賽兒在艾爾的眼前揮揮手，問道。

「妳知道嗎？有朋友的感覺真的很好耶。」艾爾一邊說，一邊露出燦爛的笑容。

「朋友？什麼……」賽兒驚訝的說道。

不過還沒等她說完，一個突如其來的聲響，打斷他們之間的對話。

兩人不約而同地轉過身，看著手忙腳亂收拾地上盤子碎片的珍妮。艾爾快步走前去幫忙，而賽兒則拿起抹布幫忙擦拭。

「妳還好嗎？珍妮。」賽兒關心的問道。

「我沒事，只是手滑了一下。」珍妮緊接著回答。不過她臉上不自然的表情，卻讓艾爾緊皺眉頭。

「好了，今天你就好好休息一下吧。最近的實驗量應該會比較多不是嗎？」在珍妮低下頭後，對著艾爾說道，當她起身時看不出表情有什麼異樣。

珍妮說完，拿起碎片走進廚房，不過在門口卻停頓了一下。艾爾的目光一直都沒有離開過她，直到珍妮將碎片丟進垃圾桶，開始準備晚餐。

沒有時間讓艾爾多想，賽兒急忙地拉住艾爾的手，要他說說是怎麼回事：「怎麼樣的朋友？你們怎麼認識的？」

一連串的問題塞進艾爾的耳中，嚇得艾爾急忙摀住賽兒的嘴。他先是看了一下廚房的方向，才看著賽兒。

「就是在剛才做完實驗的時候，應該是說，他主動找上我吧。」艾爾將其中的由來娓娓道出。

在這過程當中，艾爾遲疑了一下，不過還是將他在實驗時發生的事情如實的告訴了賽兒。原本待在廚房的珍妮，也走到了門前，不過她躲在門後的背影還是被艾爾敏銳地捕捉到了。

儘管如此，艾爾並沒有刻意壓低他的聲音，將其中的內容表達得清清楚楚。

今天的晚餐足足比平常晚了半個多小時。吃飯的時候，珍妮也顯得有些心不在焉。反倒是賽兒的表情有些雀躍，她時不時地拉住艾爾的手。因為艾爾的一句「到時候我介紹你們兩個認識」，讓這個同樣沒有任何朋友的孤單女孩開心不已。

一頓晚餐就在這樣不自然的氣氛中過去，跟往常的歡樂相比，艾爾家的燈光早早熄滅。

黑暗襲罩著睡房，唯一明亮的就是艾爾的雙眼。他目不轉睛地盯著在他枕邊的天文書籍，不過其中的目光卻渙散、迷茫。
寂靜的夜緩緩地流逝，輕微的呼吸聲並沒有加速天明的到來。
艾爾輕手輕腳的掀開棉被，拿起那陪伴他整晚的書籍，緩步地走向門外。
大門之外的天空同樣的黑暗，只有路旁的街燈散發出微微的亮光。挨著門邊坐下，艾爾一下看著頂上單調的黑，一下注視著手中繁錦的天。
輕薄的毯子披上了艾爾的背，這突如其來的觸感嚇了艾爾一跳。賽兒無聲無息地走上前，緊挨著艾爾的手臂坐下。
「我不是很信任……狂客博士……你知道嗎，艾爾？不是因為你今天對我說的那些事情，而是早在很久之前，我就有這樣的感覺。我更加相信，那些圍繞在我生活之中的訊息。雖然只是片片斷斷的。」賽兒輕輕地開口說道。
「他給我們兄妹倆這麼好的生活條件，他對我們這麼好，妳怎麼能說這樣的話。他教育我們，養育我們。」艾爾一反如夜般的平靜，激動地說著。
「對我們好？是對你吧。」面對激動的艾爾，賽兒平靜地說道。
「跟我說這些，是妳在忌妒……」艾爾站起身咆嘯著。不過他的話只說了一半便嘎然而止，憤怒、驚愕、歉疚、不知所措的表情混雜著出現在他的臉上。
「對不起，賽兒。我不是有意的」艾爾急忙的道歉。
不過至始至終，賽兒都只是靜靜的看著慌亂不已的艾爾。當艾爾停下他那拙劣的道歉之後，她才緩緩地開口：「我從來都不忌妒你，我也很慶幸我不是過著你這樣的生活。你知道嗎？你所說的，狂客博士對我們的教育，在我看來一點都不是這麼一回事。我只是覺得，他眷養著你，當時機成熟時，便對你揮向屠刀，或將你丟棄。」

「妳說什麼？妳怎麼會有這樣的想法？」艾爾露出無比驚恐的表情，淚水不知不覺地滑下他的臉龐。

不過這次賽兒卻冷著一張臉，沒有絲毫安慰他的打算。她伸手向艾爾的胸前，抓起掛在他脖子上的項鍊，對著那被無數鐵鍊捆著的人形默默不語。

艾爾順著她的視線一動不動地看著，直到賽兒將那條狂客博士送的項鍊放下，艾爾才緩緩地吐出一口氣。

「如果真的有……另一片天空，你會怎麼辦？」賽兒拿起那本天文書，一頁一頁的翻了起來，口氣緩慢地問著艾爾。

不過回應賽兒的，卻是同樣的沉默。

「碰！」的一聲，賽兒將書本闔上，轉身走向階梯，就在手快要碰到門把的時候，她望著窗後的黑影說道：「艾爾，你向來都比我聰明，比我聰明千百倍，不過我卻比你更敢相信自己的心。」

說完，賽兒逕自地走回房內，留下默默不語的艾爾。

一整個晚上，艾爾望著窗後的黑影一動不動。直到光亮照射到艾爾的臉龐，並顯露出窗後那女人的背影。

似乎也察覺到天明的到來，在艾爾起身的同時，黑影緩慢的移動。隨著門的開啟，門縫邊露出珍妮憔悴的臉龐。

「進來吧，你已經一夜沒睡了，回去睡一下，早餐準備好的時候我再叫你起來。」頂著兩個黑眼圈的珍妮虛弱地說道。

艾爾將整個大門拉開，沒有一點表示的走回自己的房間。經過客廳的時候，賽兒靜靜地坐在那裡，看似認真的閱讀，不過卻雙眼無神，隨意的翻閱著那本天文書。

艾爾看了賽兒一眼，什麼話都沒有說，就逕自回到自己的房間。

這一頓早餐並不怎麼愉快，三個人都將彼此當作空氣，一點互動都沒有。

提早吃完早餐的艾爾快步的走往實驗室的方向，不過卻在不知不覺間走到了昨天跟怪蟲聊天的舊公園。

同樣的地點，同樣是那張椅子，艾爾不知道為什麼而一臉自嘲的坐了下來。孤獨、蕭瑟的氛圍圍繞著他，不過他卻已經習以為常。

這一坐就是大半天，光明的天際逐漸變得黯淡。這一整天下來，就真的如怪蟲所說，沒有一個人經過這裡。

「你這麼快就過來這裡放鬆了啊。」怪蟲肩扛著髒兮兮的拖把，拖拉著疲憊的腳步走來。不過他的語氣中卻充滿著輕鬆及調侃，善意嘻笑的眼神掛在他那張乾皺的臉上。

看到怪蟲的樣子及聽到他說的話，艾爾陰鬱的臉龐緩緩地放鬆了下來，嘴角勾勒出一個不太明顯的笑容，雖然勉強卻是發自真心。

接下來的幾天，艾爾幾乎沒有去過實驗室，雖然露過一、兩次面，不過狂客博士對這樣明顯偷懶的情形不甚在意，只是輕描淡寫的說道：「休息夠了就回來，太久沒碰，手會生疏。」

而對於這樣的情形，周遭的人反應就明顯多了，不論走在哪裡，艾爾都會接收到許許多多驚訝、疑惑的眼神。

對此覺得高興的人大概就只有賽兒跟怪蟲了。

來到舊公園的次數逐漸地增多，有時候賽兒也會跟著一起過來，起初艾爾還擔心沒有經過怪蟲的同意就將其他人帶過來這裡，怪蟲會生氣。不過沒想到的是，賽兒跟怪蟲卻聊得很開心。

他們同樣對這裡的世界充滿質疑，每當兩人聊起這個話題的時候，艾爾都會有意無意地迴避。

奇怪的是，在這幾天裡，怪蟲的臉上充滿著猶豫，走路的步伐也略帶些焦慮的意味。

對於這樣的情況，艾爾和賽兒也已經詢問過許多次了，不過怪蟲只是一味地搖頭或者乾脆不說話。

「你們想去看看這個世界的盡頭嗎？」這一天，怪蟲突如其來的問道。臉上還帶著激動、興奮的潮紅，緊握的雙手顯示他緊張的不能自己。

當他說出這句話之後，明顯看到他大大地鬆了一口氣。雙眼滿是期待的看著被這突如其來的問題衝擊的兩人。

短暫的沉默之後，賽兒突然爆出高分貝的尖叫：「我去！我去！」

簡短的四個字中包含了強烈的歇斯底里，賽兒緊咬牙齒的臉龐激動的脹紅，似乎是要咬住那脫口而出的話語，讓人不禁懷疑她此刻所說的話有沒有經過考慮。

兩人的目光一致投向唯一保持沉默的艾爾，而艾爾卻平靜的回應著兩人的火熱。

「你怎麼知道這個世界真的存在盡頭？」單調的音頻從艾爾的口中傳來，不過仔細一聽卻可以發現其中微微地顫抖。

「啊，這就是一個說來話長的故事了。」怪蟲擠眉弄眼、表情怪異的說道。

因為他滑稽的表情搭配上那張醜陋的臉實在是太詭異了，所以賽兒先是打了一個寒顫，接著放聲大笑，就連努力克制自己的艾爾也忍俊不禁。

「好，就今天晚上，我們出發。」艾爾略有遲疑地說道。不過其他兩人似乎並不在意艾爾的語氣，聽到他說的話後，兩人走到一起興奮的討論了起來。

這世界的夜總是一如既往的黑，不過今天的夜晚卻與往常不大相同。柔和街燈守護著街道上的小角落，今天的凌晨卻多出幾個黑影輕聲而快速的行走過去。

隨著居住區的遠離，周圍開始變得空曠。

在這已經睡著的世界裡，有三顆雀躍的心不斷地跳動。

快速奔跑中的艾爾急忙停下腳步，同時也拉住一旁的賽兒和怪蟲。昏暗的天色影響他們的視線，直到再向前幾步才看見腳下陡峭的下坡。如果不是艾爾的反應及時，另外兩個人說不定會摔成重傷。

心有餘悸的喘了幾口氣後，三人同時舉步向下衝刺。強烈的風，吹拂著他們的臉龐。因為斜坡上鋪滿了柔軟的小草，吸收了急促的腳步聲。

微微地將身體向後傾斜，三人奔跑的速度漸漸地減緩，最後停在一個較為平緩的地方。

艾爾三人撐著膝蓋站在一處高大的圍欄之前。不知道是因為快速奔行還是因為過度興奮而壓抑的喘息聲，在這小小的範圍內規律地綻放。

「你怎麼知道要走這裡？我從來都不知道還有這樣的地方耶。」賽兒看著怪蟲好奇的問道。汗水的滴落也無法改變她雀躍的表情。

三人的衣衫早已被汗水浸溼，不過他們似乎都沒有察覺，專注的逡巡著這圍牆是否存在漏洞，一面等待怪蟲的回答。

「因為前幾天傍晚的時候，我幫忙一個實驗人員抬著行李走過這裡。那時候我聽到他跟那裡的守衛說道，『終於可以回家了，怪想念的。』」說完怪蟲指著遠方的一棟小屋子，從裡面傳來隱約的亮光。

「回家？」艾爾疑惑的問道。三人之中，是他最早平復自己的呼吸。

「對，就是聽到他說的這句話，才證實我心中猜測。我認識那個實驗人員，也知道他的家……我是說他在這裡的家在哪裡。結合一些平常我聽到過的傳言，我才有這樣的推測。」怪蟲說完，一邊向著圍牆走去。

這裡的土地凹凸不平，不過也因為這樣使得圍牆底部露出一的小洞。怪蟲率先鑽過洞口，賽兒緊接在後，輪到艾爾的時候，他遲疑了一下。不過聽到圍牆後方傳來輕微的呼喚聲後，艾爾也快速的鑽了過去。

呈現在他們面前的是一大片土黃色的沙地，唯有中間是一條寬廣的柏油路。在這條長的不見盡頭的陡峭斜坡上，每隔一段距離都有一間小房子，其中露出的光線，都顯示出裡面有人居住，在路上還時不時的有拿著槍械的人巡邏著。

為了避開巡邏人員的耳目，艾爾三人貓著腰，遠離馬路向前行走。

當他們走到馬路盡頭的時候，天邊已經出現微微的亮白，而他們的面前卻是一扇佈滿精密儀器的大門。

看到這樣的情形，怪蟲和賽兒露出癡呆的表情，一臉求助的望著艾爾。

艾爾一句話也不多說，自信的走向前方。這時天空已經完全轉亮，三人的衣服經過一夜的奔波都變得髒亂不堪。

不知道從哪裡變出一支小小的螺絲起子，艾爾先是將大門中間的黑色盒子小心翼翼地拆開，露出裡面精密、複雜的結構，擺弄一陣子之後，他開始快速的在一旁的鍵盤上輸入一些指令。不多時，一旁的螢幕刷出一連串的程序。

起先怪蟲和賽兒還饒有興致的看著艾爾，不過看了一陣發現完全看不懂之後，兩人開始觀察起四周的情況。

這時候的艾爾，額頭已經微微冒汗了，快速的動作逐漸緩慢了下來。他一面專注地盯著螢幕上的指令，一面念念有詞。

就在其他兩人開始躁動不安的時候，原本已經停下動作的艾爾快速的輸入一連串的字母。

在他將最後一個字輸入進去的時候，中間被艾爾用螺絲起子打開的地方發出隱晦的光芒。

緊閉的大門，開始露出細微的縫，緩緩地向兩邊展開。

這時三人期待的等著，等待那大門完全敞開的那一瞬間。

不過大門只打開了一半就不再動作，寂靜的曠野中響起刺耳的警報聲。原本明亮的天空變成暗色的紅，並且隨著警報聲的起伏一閃一閃。

艾爾三人臉色大變，不顧門還沒全部打開，也沒有看清門後的情形就急忙地閃身進去。

裡面是一條漆黑的通道，不過因為前方一閃一閃的燈光顯示著這段距離並不遙遠。

三個人的手緊緊握在一起，快速向前奔去，直到又一扇大門出現在他們面前才停下他們的腳步。

「艾爾，快點。我會阻擋他們一下，剩下的全看你了。」面對比前一扇門更加複雜的結構，怪蟲堅定地說道。

賽兒則是默默無語地站到艾爾的身前，與怪蟲一起面對快速來臨的腳步聲。

「這就是世界的盡頭嗎？」艾爾輕輕地默念了一下，隨後快速而沉著的行動了起來。期間他完全沒有回頭看任何一眼，不過拳打腳踢及陣陣嘶吼的聲音不斷的飄散過來。

就在進度完成一半的時候，一支抵住腦袋的冰冷槍管迫使艾爾不得不停下所有的動作。

他緩緩地轉身，看到的是一片倒下的人群，及夾雜在其中的怪蟲和賽兒。

更加吸引艾爾目光的，卻是一雙冰冷的眼。

第五章、朋友的最後實驗

「真是諷刺啊，艾爾。不過現在看來，你所學的東西已經能夠應用自如了，雖然技術上還是有些稚嫩，不過卻已經十分高明。」狂客博士冰冷說道。說到後來，他的音調也由憤怒變得平淡，嘴角掛著不知道是冷漠還是諷刺的微笑。

回應狂客博士的是艾爾的沉默。髒亂的衣衫、滿頭的汗水，不過這些卻無法掩飾艾爾眼中的失望。

「把槍放下，你怎麼膽敢用槍指著我優秀、完美的艾爾呢？」轉頭不與艾爾對視，狂客博士對一旁的士兵下達命令。

打破這壓抑氣氛的是一陣突如其來的拳打腳踢。一旁的幾個士兵，對著趴在地上不斷蠕動的怪蟲揮了幾拳，一邊恨恨地說道：「還不老實一點。」

也因為這樣，狂客博士的目光被吸引了過去。他厭惡的眼神就好像看到將死的毛毛蟲一樣，殘酷地說道：「將他帶回籠子裡，蟲兒不是痛苦的死在蛹中，就是化蝶……不過我不想看到後者。」

「至於那個女孩，連同我的『完美小子』，一起送回他們的家裡……等待。」狂客博士隨意的指了已經昏迷的賽兒一眼，就頭也不回地離開了。

不過在艾爾聽到對怪蟲的處置時，開始瘋狂的掙扎，最後還是其中一個士兵將他打昏，才順利的將他們搬到外面待命的車上。

滾滾的黃塵被汽車開動時所帶起的風給高高捲起，在空中四散成細柔般的輕紗，蓋住裡邊的車輛，只能從其不斷捲動的形狀中得知車子並未停止。

相較於艾爾他們步行所花的時間，回程顯得迅即無比。兩趟的旅程雖然都以安靜、沉默為主調，不過其中卻存有極大的差別。

第一次，在艾爾他們居住的路上出現車子，這也使得人們紛紛圍觀，就連一向以珍惜時間為原則的實驗人員，也禁不起好奇的停下腳步。

承載著怪蟲的車輛，在中途就離隊而去，因為關著艾爾的車子並沒有窗子的存在，所以他對外界的是一無所知。不過就算車子有窗戶也沒有用，因為到現在艾爾還是昏迷不醒。

當艾爾悠悠醒來，他發現自己躺在冰冷的地板上。脖子上傳來的劇痛讓他緊皺著眉頭，不過他卻一聲不吭。

「艾爾，你還好嗎？」珍妮關切而急迫的聲音傳進艾爾的耳中。

順著聲音的來源看去，艾爾看到焦急不已的珍妮坐在狂客博士的身邊，一動也不敢動。還有被膠布貼住嘴巴死命掙扎的賽兒，就坐在一旁的椅子上。周圍的槍管無情的對準他們，不過似乎室內的人都沒有將那些極具殺傷性的武器看在眼裡。

「珍妮啊，妳真是讓我失望無比。不要以為妳所做的那些小動作，我都不知道。」狂客博士說話的時候，揚手就要打向珍妮的臉龐，不過卻在中途停了下來，眼中閃過一絲難以捉摸的神采。

他並沒有回應珍妮默默注視的眼神，而是從屋子的角落撿起一本精美的書。不過這本書的邊邊已經出現細微的指印，表示經常有人在翻閱著它。

直到看到那本書，艾爾才意會到這裡正是自己的家，他左右的看了一下，不過很快地他的目光又回到狂客博士手中的書上。

全身被緊緊綑綁的賽兒，嘴中更是發出「嗚嗚」的聲音。還是一旁的士兵緊緊的壓住她，才制止她向前移動的動作。

狂客博士一頁一頁的翻閱著，不時發出「嘖嘖」的聲音。十分突然的，他用力的將書向兩邊扯開，四散的書頁飄落在他的腳邊。

「真是令人懷念的星空啊。」他一邊發出感嘆，一邊享受似的看著看著死命掙扎的賽兒、看著她佈滿淚水的臉龐。

「這麼說，真的都是你在騙我嗎？」這時的艾爾卻不再掙扎，平靜無比的看著狂客博士。

「一半一半吧。」狂客博士無所謂的說道，「完美的基因啊，完美的人啊。如果真的讓你見識到外面的花花世界，不想回來的話要怎麼辦？這樣我們會很困擾的。」

說完，狂客博士在艾爾憎恨的眼光下，從他的衣服中拉出那條他送給艾爾的項鍊，仔細端詳了許久。

「嚴密監視他們，不過不要打擾他們。」放下艾爾的項鍊，狂客博士對一旁的士兵說道。留下他極不協調的背影給艾爾一家。

就在他即將踏出門口的時候，他停下他的腳步，回頭對艾爾笑了一下：「艾爾，我的孩子，實驗室的大門還是歡迎著你。」

士兵們隨著狂客博士的離開，魚貫的踏出大門，不過他們並不是真正的離去。從窗外透入的筆挺背影，昭示著艾爾他們已經完全失去了自由。

接下來的幾天，屋內充滿著複雜而未知的壓抑。期間，除了固定的三餐有人送來食材之外，原本就已經十分冷清的家變得更加孤獨。

在今天的早上，賽兒大聲的質問聲打破了原有的情況：「你看我們現在都成了什麼樣子，你竟然還想要回到實驗室去，你瘋了嗎？」

面對賽兒的質問，艾爾停下將要跨出大門的腳，轉過身來默默地看著賽兒。

艾爾的沉默使得賽兒的怒氣完全釋放，從不斷的咆嘯變成拳打腳踢。艾爾就這樣靜靜的站著，任由賽兒的拳腳落在自己身上。當賽兒稍停的時候，他才緩緩地伸出手來，拭去賽兒臉上的淚。

因為這個動作，賽兒不再忍耐，崩潰一般的大哭。珍妮從背後輕輕地抱著賽兒，將她自己的臉也埋在賽兒瘦小的背後。

艾爾冷漠地看著這一幕。自從上次狂客博士離去之後，艾爾將自己關在房裡足足三天，當他再次出現的時候，就好像完全變了一個人。雖然平常就不太講話，不過現在卻變得冷漠無比。

毅然地推開大門，艾爾對站在門口的士兵視而不見，緩步走向他已經習慣了十幾年的道路。

拋開身後跟著的士兵不說，艾爾邋遢、冷漠的樣子就讓人訝異不已。無論是其他的實驗人員，還是一些居住在這裡的家眷，都不由自主地停下腳步，好奇地看著。

艾爾所經之處，都是一片的沉默，直到他的身影逐漸走遠，背後才傳來陣陣的私語聲。

打破這個情形的，是一個冷漠中帶著嘲諷的聲音：「看吧，我的孩子，你終究是離不開這裡的。你注定在這裡奉獻出你的所有。」狂客博士站在台階上，居高臨下的對著艾爾說道。「你們不用再跟著他了，也撤去看守的人員。」

士兵的離開並沒有影響到艾爾絲毫，就連狂客博士的話語也無法激起他過多的波瀾。

艾爾舉步走向階梯，兩人高度上的差距瞬間就被彌補。面對艾爾的視而不見，狂客博士什麼話都沒說，任由他從自己的身邊走過。

艾爾駕輕就熟的走到自己的私人實驗室，不過一個意外的訪客——應該說，只是一個普通的研究人員，但是竟然會有人跟艾爾講話確實讓他十分意外——帶來狂客博士的命令。

「先生，博士讓您開始著手準備基因剝離的實驗。這是已經擬定好的計劃方向，不過如果您有新的想法，可以隨意的更改。」傳訊人員如機器般地將命令傳達給艾爾。

艾爾接過那疊厚厚的紙本仔細地看了起來，在他閱讀的期間，那個傳訊的人員悄悄地離開，並沒有影響到艾爾。

艾爾閱讀的速度十分的快速，兩三百頁的內容，他不到三十分鐘就已經閱讀完畢，正閉著眼，靜靜的思考。

基因剝離這項實驗，是在現階段基因實驗中的一個分支。實驗想要將一個生命體的成對基因一分為二，並且讓這個只存在一半基因的個體能夠存活下來。因為這項實驗是不久之前才提出來的，所以一切都只是準備階段。

這樣一個實驗完全交給一個人負責，是十分的辛苦。不過艾爾什麼話都沒有說，默默的接受這明顯來自狂客博士的刁難。

接下來的幾天，艾爾恢復到以前的生活，吃住都在實驗室裡。唯一不一樣的是，每個星期之中，他都會回家一次，而且一待就是一整天，這跟他狂熱於實驗的風格極為不同。

雖然辛苦，不過成果卻是十分的顯著。整個實驗室裡的人，時不時的都會談論起這項實驗的進展，因為只花費極短的時間，艾爾就克服了幾項惱人的困難。
實驗成功的機率，也從原本百分之百的死亡率，下降到百分之九十九點九九。雖然幅度極小，不過這樣的成績也十分引人側目了。
今天還是一樣的忙碌，艾爾正低頭計算一些數據的時候，一個鼻孔長出獠牙的苦力吃力地推著一個關著黑猩猩的鐵籠進來。
刺耳的咆嘯聲成功的吸引了艾爾的注意，讓他將埋首於資料堆中的目光投向鐵籠。實驗體淒厲的叫聲並沒有讓艾爾憐憫，這樣的事情他天天都在經歷，不過當他看到那個苦力的時候，艾爾的眼睛微微一凝，隨後投入自己的事情中。
怪蟲已經兩個多月沒有出現了。
賽兒和珍妮恢復了行動的自由，她們有時候會到街上轉轉，試圖打聽怪蟲的消息，不過帶回來的卻是一次又一次的失望。
就在這時，或許是因為鐵籠太重的關係，苦力並沒有抓穩使得鐵籠大力的傾倒。鬧門在碰撞的過程中出現扭曲，發狂的猩猩用力的扯動使得縫隙變得更大。慌亂之中，猩猩快速的逃出，站在實驗室中搥胸大叫。
苦力已經嚇傻了，站在那裡一動不動。就在這時，猩猩紅著眼，瘋狂的向艾爾奔來，不過艾爾卻異常的冷靜，從地上抓起被遺落的麻醉槍，對著猩猩準確的射擊。
因為是十分強烈的麻醉藥劑，所以在針頭碰觸到猩猩皮膚的時候，那瘋狂的眼睛瞬間被眼皮遮蓋住。但是因為主人失去意識，無法從奔跑中停止，猩猩龐大的身軀向著艾爾撞來。

面對急速而來的龐大物體，艾爾輕輕地向旁邊閃開，任由猩猩的身軀如風一般刮過。一聲巨響，實驗儀器與猩猩的碰撞被毫不保留的表現出來。

實驗室的動靜太大，儘管隔著隔音極好的大門，也無法遮掩聲音的傳遞。一大群人匆匆忙忙地衝進實驗室中，看到如此的慘狀一個個呆立不動。

艾爾無視那些人的狀態，走向被猩猩撞擊的實驗儀器。因為儀器是使用最為堅固的材質製造，所以連一點凹痕都沒有。

「這是怎麼一回事？」一個帶著不耐且音色嘶啞的聲音從眾人的身後傳來，狂客博士怪異的身形從旁人讓出的道路走出。

已經嚇得渾身癱軟的苦力這時瑟縮在地上不斷地顫抖，原本就顯得營養不良的面龐變得更加蒼白。

「是你嗎？連這點事也做不好。」狂客博士俯視著一句話都說不出的苦力，也不理會他如何努力的想要表達，接著說：「既然這麼沒用，留著你做什麼呢。」

就在狂客博士說完這句話之後，有兩個穿著白袍，身形壯碩的人如拖著垃圾一般的將苦力拖門口。驚恐的慘叫聲從他原本無法發出聲音的嘴裡傳出，不過一點效果都沒有。

看到這樣的場景，艾爾不自覺的皺了眉頭：「算了，並沒有影響到實驗進行。算了吧。」

聽到艾爾的話，兩個拖著苦力的人停下腳步，轉頭看著狂客博士。

狂客博士並沒有馬上回答，而是盯著已經開始埋頭做自己的事的艾爾，良久之後，他才隨意對著兩個等待命令的人揮了揮手。

一段小插曲就這樣虎頭蛇尾的過去了，大部分的人都離開實驗室，不過跟平常不太一樣的是，狂客博士帶著他的實驗團隊留了下來。

似乎是注意到身邊的人影，艾爾略為驚訝的抬起了頭，看到了狂客博士饒有興致的看著他正在計算的東西。

「實驗項目已經大有進展，聽說一些實驗體在基因剝離之後仍然可以存活一段時間，雖然最終逃不過一死，不過真是了不起啊。你說對嗎，艾爾？」狂客博士一邊說著，一邊將桌上已經整理好的實驗計劃傳給一旁的助手，讓他們輪流翻閱。

艾爾不理會狂客博士的自言自語，他開始指揮起一旁的實驗人員。平常就他一個人在進行這項實驗，這次多出那麼多人幫忙，使得進度快了許多。

在猩猩被安置在實驗儀器上之後，狂客博士走上前調整參數，一旁的艾爾將早已調配好的藥劑穩定且仔細的注入猩猩的體內。

手邊的工作繼續進行，周圍的實驗人員也沒有閒著，整個實驗室中充滿了忙碌的氣氛。

「在其他基因實驗尚未成功之前，這項實驗幾乎不可能完成，不過其過程中所帶來的價值卻十分巨大，你也知道的吧。」狂客博士在說這句話的時候沒有表露出對艾爾的輕蔑及嘲弄，而是露出無比嚴謹的神情。

艾爾默默的看了他一眼，開始沉著的指揮起一旁的人員。這時候，實驗室中除了儀器運轉的聲音之外，悄然無聲。

一旁的螢幕上顯示出猩猩的透視圖，一團又一團的亮點占據整個猩猩，那是注射的藥劑開始發揮作用，成對基因中的其中一條被清楚顯示出來。

實驗人員快速的敲打著鍵盤，猩猩面前的巨大金屬板露出一個又一個肉眼不可見的細孔。

在按下「開始」時，這片電子槍面板發出「嗡嗡」的聲音，也不知道是因為儀器的運作還是電子快速流動所發出的聲音。

「基因角度已經調整完成，呈現四十五度傾斜，可以進行分離。」急促的聲音從一旁觀察螢幕的實驗人員口中傳出。

只見螢幕上的放大圖示中顯示，所有的基因都出現同樣順序的排列。被固定在儀器上的猩猩變得虛弱而且毫無意識的掙扎。

「啟動核磁共振。」艾爾對時機的把握十分準確，精準而快速的下達命令。

立於猩猩兩旁的的巨大儀器運轉了起來。隨著時間的流逝，猩猩的七孔開始流出血液，不過並沒有人停止。

「基因已經成功剝離。」傳出實驗結果的聲音中透露出明顯的驚訝及驚喜。螢幕上的基因明顯分離，亮的一邊，暗的一邊。

在其他人驚訝於結果的時候，艾爾輕輕掃過螢幕一眼，不急不慢的說道：「進行體外分離，提取藥劑沾染的那一部份基因。」

艾爾的聲音如同絕對的命令，所有人員迅速的回到自己的崗位，有條不紊地進行著接下來的命令。

一個軟墊般的護膜緊緊的貼上猩猩的背，當儀器開始運作時，猩猩瞬間下沉了極小距離，不過這樣的下沉沒過多久就恢復如初。

「體外分離完成。」實驗人員欣喜的說著。

在他說完這句話的時候，儀器上的猩猩突然睜開眼睛，吸引這所有人的目光。他張開嘴，發出微弱的叫聲，不過伴隨著鮮血的流出使得聲音變得格外模糊。

「心臟穩定跳動，一切生命跡象維持正常……心跳開始減緩……失去生命跡象……」不斷的有實驗人員報告著生命儀傳來的訊息。

在聽到「失去生命跡象」後，大部分的人都失望地嘆了一口氣，不過接著又興奮的加入討論。

「時間有記錄下來嗎？」艾爾問著那位站在生命儀器前的實驗人員。

「都記錄下來了，參數、實驗體的實際情況等等，都記錄下來了。」

聽到他的回答，艾爾微微地點了一下頭後，不再多說什麼。站到猩猩屍體的前方，艾爾面無表情的臉龐讓人不知道他在想些什麼。

「真是不錯啊。短短幾個月的時間，竟然能夠完成到這樣的程度。該怎麼說呢，你的天賦、努力、執著，真是令人嘆服。」狂客博士說完，頭也不回地帶著他的實驗團隊離開了，留下一些人員清理場地。

接下來的實驗，狂客博士及他的團隊都會到場。因為這些人的加入，實驗在不久之後又出現新的突破。

這一天，奇怪的是狂客博士已經到來，不過實驗體卻遲遲沒有出現。平時耽誤實驗一點時間都會大發雷霆的狂客博士卻好整以暇地回顧之前的資料。

就在艾爾皺著眉頭，緊盯門口的時候，一陣輪子移動的聲音由遠而近的傳來。

這次的實驗體沒有往常的瘋狂尖叫，安靜的讓人以為出現了錯覺。

不過當艾爾看到籠子中的實驗體後，瞳孔不自覺的放大，呼吸也變得急促而紊亂。

沒有黑猩猩龐大的體型，皮包骨般的身軀蜷縮在籠子的一角，滿是皺紋的皮膚不自然的下垂，隨處可見的瘀青充滿著身體的每一個部位，最為引人注目的……是他胸前多出的那第三隻手。

「怪蟲！」

第六章、大爆炸

艾爾驚恐地看著籠子中的怪蟲，原本想要向前的腳步瞬間止住，他僵硬的轉身看著冷漠的狂客博士。

「你是什麼意思？」瘋狂的咆嘯聲迴盪在整個實驗室中。一些沒有準備的人被這樣巨大的聲音嚇了一跳，就連外面來來回回行走的人也不禁停下腳步。

艾爾一邊說，不管狂客博士如何回應，他快步的衝向籠子，不過還沒等他接近，就出現四個人將他攔住。

雖然輕鬆的將其中兩人打倒，不過隨後又有人員補上。

艾爾轉身對著狂客博士怒目而視，憤怒的眼神中帶著難以掩飾的驚恐及不安。

「什麼意思？很明顯不是嗎？以猩猩為實驗體的研究已經出現瓶頸，所以就將人體當作實驗體啊。」狂客博士一邊無所謂的說道，一邊揮揮手。

看到狂客博士的手勢，就有實驗人員將虛弱的怪蟲架上儀器。艾爾有心阻攔，不過卻被一旁的人死死的壓住。

「很久不見了耶，艾爾。我想說我變了這麼多，你應該不認得我了。沒想到你還是一眼就看出來了。」怪蟲艱難的抬起頭，調侃似的對艾爾說道。

「你的那隻白癡手臂這麼明顯，只有白癡才會認不出來。」艾爾咬牙切齒的反擊道。說完他不再看怪蟲一眼，而是直勾勾的看向狂客博士。對於艾爾殺人般的眼神，狂客博士直接的忽視了，他無所謂的說道：「你可以選擇不做實驗，反正有足夠的人可以制止你不去影響我們。不過……你確定你不送你的好朋友最後一程嗎？或者是說，你打算白白浪費你那純熟的實驗技術，也不願博取那零點幾的生存機率？」

在狂客博士說出那些好整以暇的話時，一旁的實驗人員已經開始著手準備。不知道是有意還是無意，綑綁怪蟲的扣帶被繫的格外緊繃，在固定的時候都可以聽到皮肉與束帶些微的摩擦聲響。

艾爾看著實驗人員將藥劑打入怪蟲的體內，這時艾爾將站在輸入台的實驗人員粗暴撞倒。

他打算親自執導整個實驗。

對於艾爾的動作，狂客博士毫不介意，不過他卻一反平時實驗時只站在一旁的樣子，而是跟著站到了艾爾的旁邊。

「基因標點已經完成。」一個站在螢幕前的實驗人員說道。

「調整基因角度。」狂客博士在艾爾之前下達指令。

所有的流程都被順利的進行，在所有人員開始行動的同時，艾爾也快速的在鍵盤上快速的輸入一個又一個的指令。

「你想要搞鬼嗎？」突然的，狂客博士抓住艾爾的手，冷冷的說道。

艾爾用力的將狂客博士的手甩開，用同樣冰冷的聲音回答：「程序早已更改，必須加入新的指令，上次開會的時候計劃書中不是已經提過。還是說，你已經老的看不清字了。」

一高一低的兩人就這麼互相對視了一陣，最後在狂客博士的挑眉下，結束這場爭鋒。

電子槍面板已經就位，而艾爾的指令還在輸入當中，他的額頭已經微微出汗，不過神情卻是無比的專注。

「調整基因角度開始。」在這個指令下達的同時，實驗室中響起那所有人都熟悉無比的「嗡嗡」聲。

「基因角度已呈現四十五度，準備進行基因剝離。」

聽到那句話的時候，艾爾的動作又加快了不少，不過這時候已經出現微不可察的慌亂了。

萬幸的是，在一切動作準備就緒的前一刻，艾爾也按下最後一個鍵。

「基因剝離開始。」

怪蟲兩旁的巨大機器開始運轉，前幾分鐘還一切正常，不過實驗室卻突然地響起機器冰冷的警報聲。

「強迫停止指令已被輸入……強迫停止指令已被輸入……強迫停止指令已被輸入……」不斷重複的聲響回盪在實驗室中。

狂客博士陰冷的看著艾爾，一邊對著一旁的實驗人員說道：「更改指令。」

就在這時，運轉中的儀器開始出現不自然的聲響，雖然一下子就恢復正常，不過卻已經被眾人清晰的捕捉到了。

「怎麼回事？」狂客博士緊盯著艾爾說道。

「博士！上次被猩猩撞擊的地方出現零件的震動，再加上連續頻繁的使用，儀器出現擴大性的損毀。」還沒等到艾爾的回答，一旁的實驗人員焦急的開口說道。

這時機器已經出現小幅度的晃動，所有人都緊張地望著，有人更是疾步的後退。

就連艾爾也露出不知所措的表情。

「博士，損毀範圍已經超出安全標準。」一旁的實驗人員急聲的說道。

「關閉總電源。」狂客博士大聲的下令，不過聲音只能勉強從巨大的聲響中傳出。

一邊的人聽到指示後急忙的衝向總電源的地方，就在他要按下按鈕的瞬間，已經來不及了。

赤紅的警報燈在實驗室中閃爍，不過持續的時間還不到兩秒，「喀喀」的聲響在機器出現裂縫的同時一起傳出。

「快趴……」還沒等人將話說完，一聲巨大的爆炸聲取代他未說完的話語。

最接近爆炸的人，一瞬間就被炸得血肉模糊，斷臂及血液四散各處，兇猛的氣浪襲擊一切它能到達的地方。

這聲爆炸巨響遠遠的傳出，就連遙遠的住宅區中也能聽見。

實驗室中能保持清醒的只有寥寥數人，不過就算清醒也喪失一切活動的能力。

艾爾暈眩了大半分鐘，他艱難的搖了搖頭，試圖保持清醒。雙腳顫抖中緩緩站起，吃力的走到怪蟲前方。

因為固定實驗者的儀器上有一層強化膜隔絕著，所以怪蟲並沒有直接喪命，不過他距離爆炸最近，所以也七孔流血的昏迷了過去。

艾爾吃力的撬開已經變形的機器，將怪蟲扛在肩上，跨出大門。

一路上艾爾不知道被絆倒了幾次，時不時的就踢到一些倒地不起的人，血跟水的混合更是讓腳底溜滑不堪。

在爆炸的那一瞬間，周遭的其它實驗室也受到毀滅性的波及，一些因為存放易燃物的地方更是冒出熊熊烈火，而且快速的向其它地方蔓延。

艾爾搖搖晃晃的走過那些破敗之地，原本就已經行走不穩的身形，因為還背著怪蟲的身體而變得更加緩慢。

陸陸續續出現一些救援的人，那些人看到一身是血的艾爾連忙上前想要幫忙，不過都被艾爾推開。

越來越多人加入救援的行動中，慌亂的氣氛再加上血液早已模糊了艾爾的臉，所以沒有人認出艾爾。

搖擺的身影無力卻堅持的扛著另一個怪異的身形，向著人流的反方向移動。一路上被前進的人潮撞倒了無數次，好不容易到達了實驗大樓的門口。

一些住宅區的人慌亂的衝進實驗大樓，看都不看艾爾一眼，所以艾爾回家的路上意外的順利，直到他在快接近家門的地方遇上急忙奔跑的珍妮及賽兒。

「艾爾，你怎麼會這樣？」兩人異口同聲的說問道。

「賽兒，東西都準備好了嗎？離開的計劃要提前了。」艾爾不理會她們的問題，虛弱卻急促的說道。

「嗯，就照你說的，隨身攜帶。」賽兒揚了揚背後的小包包，一面扶著艾爾向家裡走去。

珍妮雖然不知道他們想要做什麼，不過還是猜到了一些：「你們打算離開了嗎？」

雖然艾爾將大部分的時間用在實驗室上，不過他一回到家就跟賽兒關在房間裡面，祕密的商量些什麼。在艾爾去實驗室的時候，賽兒也不再像以往一般，沒事就在大街上隨意亂晃，而是很認真的準備些什麼，有時候更是整整一天都沒有看到人影。

種種的跡象，或多或少都顯示著他們的意圖。

「嗯，一定要離開。」賽兒堅定地說道。一旁的艾爾也虛弱的點了點頭。

珍妮駐足沉默了一會，轉頭看向實驗室的方向，不過很快的，她也上前幫忙扶住艾爾。

幾人迅速地回到家中，先將艾爾及怪蟲安置在沙發上，珍妮果決的發號施令：「賽兒，過來幫忙，先處理好他們的傷勢。」

期間，室內充斥著急忙的腳步聲，賽兒有些笨拙的在一旁幫忙，而珍妮的技術卻十分嫻熟。

因為只有一些現成的藥物，所以對於那些較為嚴重的傷口只能簡單的做些處理。

在珍妮為怪蟲的頭綁上繃帶的時候，怪蟲悠悠醒來。

看到怪蟲張開眼，艾爾及賽兒七嘴八舌地詢問著：「你覺得怎麼樣？」

「有點頭暈，不過你們這麼熱情的詢問，我的頭更暈了。」怪蟲面色蒼白的開玩笑道。

見到怪蟲的情況沒有想想中的嚴重，艾爾笑了一下，接著表情嚴肅地說道：「該走了。」

聽到艾爾的號令，賽兒跟怪蟲都站了起來，不過因為怪蟲起身的時候還有一些搖晃，所以需要賽兒在一旁扶著。

珍妮掙扎的閉起眼睛，不過隨後也跟著起身，「跟我來吧，依照你們這樣的情況，走沒兩三步路就會暈倒在地。」說完，她率先走向後院。

她徑直走到了一間類似倉庫的地方，按下手中的遙控器，大門緩緩地敞開。裡面除了一些堆放整齊的雜物之外還停放著一輛保養極好的車子。

艾爾跟賽兒張大眼睛看著，賽兒更是驚奇地叫道：「我怎麼不知道我們家還有這樣的車子。」

珍妮好笑的看了兩人一眼：「艾爾一天到晚都在實驗室，妳這個瘋丫頭也四處亂跑，沒看過是很正常的。再說，這輛車子是供緊急使用的，住宅區一般是不允許行車的。快上來吧。」

幾個人依次上車，當所有人都準備就緒的時候，車子如離弦的箭矢一般，飛速衝出。因為大部分的人都像著實驗大樓集中，所以一路上車子並沒有受到阻攔，偶爾遇到離實驗大樓較遠而趕往途中的人，也不禁目瞪口呆地停下來看著車子風一般的從旁邊經過。

「賽兒，把那些準備的東西拿給我吧。」坐在前座的艾爾伸手向後，接過賽兒遞上的小包包。

「艾爾，你到底要賽兒準備些什麼？她這些天都不見人影，回來的時候也渾身髒兮兮的。」駕駛座上的珍妮，抽空看了艾爾一眼。

「麻醉槍、煙霧彈。」艾爾迅速的將包包拆開，淡淡的說道。

「那不是實驗室的違禁品嗎？賽兒是怎麼拿到的？」珍妮驚慌地叫了起來，控制方向盤的手也不穩定的抖了一下，還是艾爾急忙中穩住方向盤才控制住激烈晃動的車子。

看著包包內的東西，艾爾滿意的點了點頭：「當然不是從實驗室中拿出來的，管制那麼嚴格，幾乎不可能做到。」

「那是怎麼……」珍妮的情緒已經漸漸的穩定了下來，她皺著眉頭說道。

「那是艾爾翻書還有分析實驗室中的麻醉槍後，重新設計的。材料來源還是我從一些廢棄物中挑選出來。至於那些煙霧彈，是艾爾給我配方，讓我調製的。」賽兒有些驕傲的說道。

「你可真是夠天才的。」坐在一旁的怪蟲佩服的說道。

「好說。」艾爾毫不謙虛的回應，惹來怪蟲及賽兒的白眼。

不過艾爾並沒有在這些議題上停留太久，他已經開始著手準備麻醉槍的組合了。

從一開始的遲疑，到逐漸熟練。麻醉槍就在這樣手忙腳亂的情況下組裝完成。因為材料是從各種地方取得，所以麻醉槍的外型花花綠綠的可怕。

「這顏色看起來真是噁心。」艾爾皺著眉頭說道。

「囉嗦。」賽兒很不給面子的回應。

就在他們拌嘴的時候，一小群、一小群的車隊迎面而來。從車子的外型看來，那正是那些士兵的車子。

雖然珍妮有意繞開他們，不過那些車隊卻從中分出一輛車子，提前擋在珍妮的車子前方，而其他的車隊則是繼續前行。

擋在前方的車子還沒完全停穩，就有士兵率先跳了下來，迅速而不混亂的動作將他們的專業素質表現地淋漓盡致。

車子的四面八方都被士兵用槍圍住，逼的艾爾等人不得不下車。不過在艾爾下車前，對著坐在後座的怪蟲悄悄地說道：「裝得虛弱一點，不要下車。」

另外兩個人雖然對於艾爾的要求滿是疑惑，不過他們並沒有多說什麼，至於怪蟲則是在聽完艾爾的要求後微微的點了一下頭。

將身體完全癱軟到椅子上，口中時不時的發出痛苦的呻吟聲。至於臉色根本就不需要化妝，受到爆炸波及的怪蟲本來就一臉蒼白。

對於怪蟲這麼快就理解自己的想法，艾爾滿意的點了一下頭，才最後一個走下車子。

「你們是誰？拿出證件。為什麼在這個時候開車來這裡？叫車上的那個人也下車接受檢查。」舉槍對準艾爾的士兵用槍口頂了艾爾的頭一下，粗魯的說道。

珍妮一邊將她的研究人員證明拿出來，一邊說道：「實驗室發生爆炸，受到波及的範圍很廣，所以我直接前來請求救援。」

「實驗室的事情我們已經知道，並且正趕往現場。再說，救援的事情應該還輪不到你們來通知。」看完珍妮拿出的證件後，士兵的語氣雖然嚴厲，不過再也沒有那些粗魯的舉動。

聽到士兵的質問，珍妮默默的站著，眼神卻看向艾爾。不過艾爾只是看了珍妮一眼，就不再理會。

無視士兵提出拿出身分證明的要求，艾爾一直看著後照鏡的方向。當確定那些車隊已經消失在視野中的時候，艾爾大聲的說道：「攻擊。」

珍妮用已經敞開的車門狠狠的撞擊在她前方的士兵，賽兒則是用力的踢了其中一個士兵的命根子後逃向艾爾那裡，怪蟲則是一把抓住想要將他揪出車子的士兵，並且用他另外兩隻手將其打昏。在他們做完這些事情的期間，艾爾已經解決了兩個圍住他的士兵，然後將摀住跨下狼狽追逐賽兒的士兵一拳打倒。

解決掉這次的危機後，所有人都大大的鬆了一口氣。

重新坐在士兵們開來的車上後，珍妮以更快的速度前進。之前那台車子，因為珍妮用車門撞擊士兵的力道過大，車門已經完全變形，所以被無情地拋在原地。士兵們帶來的槍械，也被艾爾他們毫不客氣的取走。

「能不用就不用吧，要不然真的會打死人的。」珍妮有些擔憂的看著擺在一旁的槍枝。

不過迎來的卻是另外三人滿臉的黑線。

車子已經行駛在那誇張的斜坡上了，幾乎不用踩動油門，重力加速度就會毫不吝嗇的拼命幫車子加速。直到出現守衛的小房子，珍妮才狠狠地踩下油門。

經過改造的車子跟通電的圍牆來了一個親密無比的接觸，連帶周圍的電網發出劈啪巨響。儘管守衛的房子跟電網之間保留一段距離，不過雷電還是不請自來的光顧。

從後照鏡可以看到，兩個拿槍士兵快速的衝出已經冒出火苗的房子，驅車追上已經走遠的他們。

不過他們在經過倒塌的圍牆時，一陣輕微的小爆炸，將車子炸翻在地。

「你怎麼不早說那些圍牆有通電，還讓我們上次跟你一起爬過去，如果不小心碰到了，就真的變成電烤人肉了。」艾爾心有餘悸地看著時不時冒出電光的圍牆，一邊有些惱怒的看著怪蟲。就連賽兒的小臉也一片蒼白。

「我怎麼知道。」怪蟲不斷抽蓄的嘴角也顯示出他此刻的心情並沒有如他回答的那麼輕鬆。

在他們談論這些的時候，原本明亮的天空變成亮紅色的，警報燈不斷地閃爍，就如同上次艾爾他們逃跑時的那樣。

視力好一點的，就可以看到不遠處的幾個哨站不斷有士兵背著槍械倉卒跑出。

因為現在處於上坡路段，所以車子行進的速度沒有辦法提上來。相反的，士兵們正開車快速的沿著下坡衝過來。

先是兩、三輛的軍用卡車迎面襲來，在他們的後方又陸陸續續的出現幾輛車子。

赤紅的天，以及被急速而行的車子所颳起的黃沙，交織成古代戰場一般的場景。

雙方的交錯，就在這一瞬間。

第七章、另一片星空

「接近了……衝不過去。」珍妮焦急的說道。

早在珍妮說話之前，艾爾就開始專注地看著前方，緊皺著眉頭，不知道在想些什麼。坐在後座的賽兒緊張的握緊拳頭，而怪蟲雖然沒有表露出什麼，不過他的臉色較之前更為蒼白幾分。

「前面的車子，我命令你們立刻停下，再接近就開槍射擊。」開在最前方的車子，傳來經由擴音器放大的聲音。

這時雙方的距離剩下二十公尺不到。

在對方的警告聲傳出後，艾爾搶過方向盤，緊緊地握著珍妮微微顫抖的手，另一腳更是跨過座位，將油門一踩到底。

「啊！」珍妮發出一聲尖叫，也不知道是因為緊張還是因為腳被艾爾用力踩住的關係。

隨著珍妮放聲大叫，賽兒和怪蟲也張大嘴巴。此起彼落的尖叫聲在警告聲中迴盪，形成一段莫名其妙的交響曲。

車速已經飆到最快，雙方的距離卻更加接近。

珍妮下意識地轉動方向盤，不過因為被艾爾控制得死死的，所以連一絲晃動都無法做到。

似乎是被艾爾不減反增的車速嚇到，原本理直氣壯地警告聲嘎然而止。

雖然如此，衝刺而下的車陣並沒有因此而被打亂，依然維持「品」字形向下而行。艾爾他們所乘坐的車子正好跟最前方的那台面對面，一絲偏差都沒有。

面對如此瘋狂的艾爾，他們也沒有打算減慢速度。

下一秒鐘，實體的碰撞無法制止的發生。不過艾爾在那一瞬間猛地踩下煞車，一面大幅度地轉動方向盤，一邊拉起手煞車。

車子快速地劃過一道怵目驚心的弧，車頭對著敵方正中間的那輛車子，車尾對著靠右的那一輛。

因為地形存在著高度的差距，艾爾他們的車子相較於對方又顯得扁平、流線許多，高度正好卡在對方的車底。

因為來不及煞車，又有外力的衝撞，對方的車子瞬間翻覆。右邊的那輛翻倒在柏油路的中間，而被艾爾車頭撞上的車子也狠狠地撞上跟在它後方的那輛車子。

雖然好運多過實力的解決掉三輛車子，艾爾他們也沒有好受到哪裡。瞬間的加速到停止，還有不可避免的碰撞，都讓艾爾他們的車子出現變形。止不住的身形更是狠狠地撞擊在車壁上，四人或多或少的都受了些傷。

幸運的是，血雖然流了不少，不過並沒有影響到他們的行動能力。

在翻車所捲起的滾滾塵煙中，艾爾沒有詳看自己的傷勢，稍微看了另外三人，確定他們都沒有大礙之後，吃力地將車子開到柏油路旁的沙地上，然後迅速地走下車。

手中拿著衝過守衛室時連同車子一起繳獲的槍，艾爾對著已經翻覆的三輛車子狠狠地開了幾槍。每一槍都瞄準油箱的地方，一聲槍響都伴隨著爆炸聲，響徹雲霄。

在做完這些事情之後，艾爾呆呆地站在原地，兩眼無神的望著那三堆火焰沖天的殘骸，持槍的手顫抖不止，就連他的臉也變得比怪蟲還要蒼白。

另外三人已經走下車子，陪在艾爾的身邊默默地看著。賽兒走到艾爾的前面，用她瘦弱的懷抱擋住艾爾的眼。

不過就算視線被擋住，也無法阻止火焰中時不時傳來的痛苦慘叫。一聲聲的，都讓艾爾的身體抽蓄不已。

一些蜷曲、怪異的黑影在火焰之中不斷的掙扎。如此的場景，令四人都不禁閉上雙眼，直到一陣陣的行車聲音漸漸地接近。

「又有車來了。」珍妮張開眼後，走到怪蟲的旁邊攙扶著他。

聽到珍妮的話，艾爾輕輕地推開賽兒，反抓住她的手，走向停在沙地上的車旁。

「進去吧，能不逃出去就看接下來了。」艾爾顫抖著聲音說完後，緊抿著他那慘白的唇。

四個人快速的走上車。艾爾在上車之前，從賽兒那個小包包中取出一顆煙霧彈，輕輕地抛向那堆火焰之中。

這時，那聲聲入耳的慘叫聲已經停止了，唯有時不時的爆炸聲透過車窗傳進車裡。煙霧彈爆發出來的濃霧開始瀰漫，混雜著汽車爆炸時的煙霧龍罩在這片區域。兩種煙霧的顏色雖然差異極大，不過赤紅的天、不斷閃爍的警報燈正好成為極佳的掩護。

不同於剛才的三輛車子，現在衝下來的是一群龐大的車陣。數量雖然驚人，不過卻井然有序。

被圍在車陣中央的，是一輛輛的救護車，由此可見，在艾爾他們離開後，實驗室爆炸波及的範圍還在不斷擴大，要不然不會連這裡的救護車都出動了。

看到這裡濃濃的煙物，車陣放緩速度，不過並沒有停留，而是直直地衝了過去。只有最後的那兩輛車子停了下來，接著有士兵下車查看。

看到留下來的車子只有兩輛，坐在車內的艾爾等人不禁鬆了一口氣。

這時候，車陣已經漸漸地淡出艾爾他們的視野。

下車的士兵並沒有任何放鬆的傾向，他們一下車就舉槍對準煙霧的方向。下來的六個人也謹慎為彼此掩護，這讓艾爾不敢輕舉妄動。

「出動的人力只是守衛的一部份，他們受過的訓練不可能讓出口完全沒有人防備，雖然我們一路上都算幸運，不過想要出去還是很困難。」珍妮無奈地說到，而她的雙眼也緊盯著那些士兵。

「珍妮也是從外面的世界進來的嗎？」艾爾好奇的問道。

「嗯。想進來不容易，想出去也是一樣。」珍妮輕輕地扶了眼鏡一下，看著艾爾說道。

「外面是一個什麼樣的世界？」賽兒原本也專注的看著外面的士兵，不過當艾爾挑起這個話題時，賽兒的注意力輕易的就被轉移。此刻，她正趴在前方的椅背上。

「出去之後，你們就知道了啊。」珍妮微微地笑了一下，也不回答。

在珍妮說完之後，車內一陣安靜，不是他們不想說話，而是那些士兵正逐漸地向煙霧裡走來。只要再前進一點，就可以發現停在一邊的艾爾他們。

「趴下，不要讓他們發現了。」艾爾說完，拿起放在手邊的麻醉槍。

這時候的煙霧逐漸稀薄，雖然火焰還在燃燒，不過已經可以模糊地看到周圍的情況了。

賽兒和怪蟲壓低身形，盡量讓外面的人看不到。而外面的士兵已經發現艾爾他們的存在了，這時候正直直地朝這個方向走來。

其中一個最靠右邊的士兵無聲無息地到下。艾爾緩緩地將槍口移開，麻醉藥劑雖然強烈，不過並不會致死。

在士兵倒下的下一秒，他們同伴們也發現了。一致的舉槍對著艾爾的車子射擊，「乒乒乒乒」的聲響不斷傳出，車子也因為衝擊的力道不停搖晃。

珍妮狠狠踩下油門，車子離箭一般地向著士兵們的方向衝去。幾百步的距離一下歸零，直到雙方接觸之後，士兵們都沒有鬆開扣住板機的手。

子彈的無情傾洩，使得原本就破碎不堪的玻璃消失殆盡。不斷地有玻璃碎片劃過車內，造成本來就狼狽不堪的艾爾他們多出許多細細小小的血痕。

其中一個士兵閃避不及，被車子狠狠地撞飛，不過也因為這樣，順利地將六個士兵一分為二。

賽兒和怪蟲同樣從趴下的狀態起身，手中抓著麻醉槍就胡亂地射擊。雖然浪費了不少，不過也順利地將站立不穩的士兵麻倒，比較倒楣的，則是身上插了好幾根麻醉針。

珍妮踩著油門的腳並沒有鬆開，而是徑直開到柏油路上，向上衝刺。那大隊的車陣，此時已經消失在視野之中。

如此一來，倒是暫時不用擔心他們會回頭追擊。

衝出那讓他們灰頭土臉的煙霧中，一路上的景色飛速的倒退。很快地，又出現一個哨站。

還不等士兵站穩，艾爾都會提前一步用麻醉槍將他們麻倒，所以在這一路上異常的順利。

接二連三的衝過幾個哨站，艾爾他們才開始遇見麻煩。似乎那些士兵已經接到通知，所以早早的就做好射擊準備，等著艾爾他們的到來。

現在既沒有濃霧阻擋，敵方的人數也多出很多，在多方面不利的情況下，艾爾只能幫忙引開他們的注意，讓珍妮能夠更加快速的驅車通過。

或許是有所準備的關係，沿路上只有極少數的士兵被艾爾的麻醉針擊中，更加糟糕的是麻醉針已經所剩無幾，雖然還有槍枝，不過艾爾似乎沒有用它們的打算。

每每通過一個哨站，並不代表結束。還清醒著的士兵都會快速的驅車跟上，所以艾爾他們的後面已經跟了不少車子了。

這時艾爾已經完全站了起來，面對完全破裂的後車窗，手中的麻醉槍拿起又放下，

「不行啊，麻醉槍完全沒有效果。」

就在艾爾喃喃自語的同時，「碰碰」兩聲槍響在艾爾的耳邊響起。只見賽兒哆嗦著拿著槍，空氣中還聞得到淡淡的煙硝味。

不知道是不是幸運女神的眷顧，賽兒開槍時正好打中其中一步車子的前輪。中槍的車子快速打滑，旋轉的車身撞翻跟在後面的車子。骨牌一般，「砰砰砰」的聲響帶來一輛輛車子的翻覆。

艾爾看著因為被後座力撞倒的賽兒，默默地將麻醉槍放下，拿起一旁的槍枝，就連怪蟲也接過賽兒手中的槍。

兩人同樣慘白著臉，不過似乎都放下心中的包袱，毫不猶豫地開槍。

對方在賽兒開槍之後，加快速度追了上來，並也予以反擊。慘烈的槍響充斥整個空間，原本只是乾燥的空氣裡也開始夾雜著火藥的味道。

為了躲避對方的槍擊，珍妮開始S型的開車。因為過於大力地晃動，車內的另外三人都被撞得鼻青臉腫。

不過因為艾爾他們只有一台車子，所以有很大的發揮空間。相較於另外一方，他們就沒有足夠的空間像珍妮一樣大方向的轉彎，所以很容易的就被擊中。

「快到出口了。」在珍妮說出這一句話的時候，跟在後面的車子只剩下區區五輛了，而且因為每被毀壞一台車子，他們就落後一些，所以這個時候已經遠遠的被艾爾他們甩開。

雖然只見過一次，不過艾爾他們卻不可能忘記那扇大門。上一次，就是在這裡功虧一簣，也是在這裡完全摧毀存在艾爾心中十八年的信念。

隨著出口的接近，艾爾從小包包中拿出最後一顆煙霧彈。這顆煙霧彈比之前的大顆許多，不過艾爾並沒有多加探究。轉身用所剩不多的體力將煙霧彈拋向後方的車陣中，一陣漆黑無比的濃霧瞬間從那小小的球體中蔓延出來。很快的，那一大片區域都染上黑色。

就在艾爾轉回身體的時候，一陣巨大的爆炸聲伴隨著強烈的風暴從他的耳邊呼嘯而過。

「碰！」

氣浪快速的接近，在接觸到艾爾他們的車子時，將車子大力的翻了起來。裡面的人都快速的往前撞，坐在前方的珍妮因為手握方向盤所以沒什麼事，不過艾爾就差點飛出玻璃已經破碎的窗外。

還好車子只被掀起一半，並沒有完全翻覆，所以在車屁股落下的時候，車子還在繼續行走。

「艾爾，我不知道會這樣。我想說將剩下的材料全部加在一起應該不會怎麼樣。我不知道。」賽兒慌亂地說道。眼淚再次從她的眼中流下，這趟旅途中已經帶給她太大的打擊。

坐在旁邊的怪蟲攬住賽兒不斷顫抖的肩膀，低聲地安慰著。

「沒關係，我想我們暫時不用擔心追兵了，不是嗎？」艾爾勉強地笑了一下，安慰道。

因為氣浪的衝擊，使得艾爾他們提早接近出口。兩個守在出口前面的士兵也因為剛才的爆炸而愣在當場，趁著這個機會，艾爾毫不猶豫地開了兩槍。

兩個殷紅的血點出現在士兵的頭上，隨著鮮血的流出、腦袋爆開，到身體緩緩倒地，一切都像慢動作一般。

艾爾僵硬著臉，面無表情看著他造就的一切。唯一出賣他心情的證據，是被他咬破嘴唇所流下的血。

直到這個時候，艾爾他們的彈藥也剛好用完。

破爛的車子停在大門的旁邊，四個人都腳步不穩的走下車。在經過那兩具屍體時，沒有人朝他們看上一眼，就好像他們不存在似的。

走到那扇大門之前，艾爾當仁不讓的負責開門的工作。因為之前就有強行開門的經驗，所以這次做起事來特別駕輕就熟。唯一比較令人困擾的，就是因為受傷而抖動不已的雙手，不斷地妨礙操作時的精確性。

雖然如此，艾爾還是順利的將門開啟。從這裡開始就沒有人在出來干擾了，除了天空中不斷回響的警報聲外，就剩下艾爾他們因為興奮而不斷加重的呼吸聲。

大門平順的向兩邊敞開，出現在他們面前的是一個黑暗的小空間。裡面的黑暗正與天空的赤紅相呼應著。

似乎是沒有預想到大門之外的地方竟然是這樣，所以他們愣愣地站在那裡。直到珍妮輕輕地從背後推了一下，他們才清醒過來。

「還沒有到達外面喔。要再向上爬呢。」珍妮溫柔的說著。眼中露出微微的不捨，緊緊的盯著艾爾和賽兒的臉，不願移開目光。

不過他們似乎沒有注意到珍妮的異樣，而是被一開始他們沒有注意到的樓梯吸引。

艾爾他們依序爬出大門，當他們開始向上爬的時候，艾爾回頭看了一眼，發現珍妮停在原地，沒有移動。

「珍妮，妳怎麼了？」艾爾皺著眉頭問道。

爬在最後面的賽兒聽到艾爾的問題，快速地跳了下來。衝到珍妮的面前，緊緊的握住她的手。「妳會跟我們一起走，對吧？」賽兒說完，緊張的盯著珍妮。

「博士還好嗎？」猶豫了許久，珍妮看著艾爾的眼睛問道。

本來艾爾似乎不想回答這個問題，不過看著珍妮擔憂的雙眼，他才鬆口：「沒有生命的危險，我走出實驗時，他只是昏迷過去罷了。」

雖然艾爾的回答非常冷淡，不過珍妮卻如負釋重的笑了一下。

「快離開吧。去尋找你們的星空，不要再回來了。」珍妮慈愛的看著他們，緊緊的抱住懷中的賽兒。

當賽兒離開珍妮的擁抱時，她已經淚流滿面。珍妮也紅著眼眶看著他們，不過卻沒有移動腳步。

艾爾沉默的咬著嘴唇，直到怪蟲從背後推了他一下，他才跑過去，緊緊的抱住珍妮。擁抱的時間就只有那一瞬間，艾爾僵硬的轉過身，低著頭不讓人看到他的臉，不過握住樓梯的手卻毫無血色。

怪蟲微笑的看著一切，輕輕地摟住賽兒的肩，陪她走到樓梯那裡。當他感嘆的看著來路時，發現珍妮也張開雙手微笑的看著他。

怪蟲愣在那裡，不過接著露出燦爛的微笑，拖著虛弱的身體走向前，回抱著珍妮。

「謝謝你，接受那兩個孩子。謝謝你。」珍妮在怪蟲的耳邊低語。

當三人都爬上樓梯時，珍妮還站在原地，看著他們直到消失。

在大門緩緩關起時，她輕聲地說道：「我的孩子，保重了。」

賽兒和艾爾停在樓梯中間，已經淚流滿面。直到大門完全隔絕外邊紅亮的光，他們才繼續向上。

漆黑的通道，似乎永無止盡，就在時間一點一滴流逝的時候，艾爾的頭頂上方出現微微的藍光。當藍光輕輕的閃過之後，一陣空氣流動的聲音從上方響起。

通道不再黑暗，而是出現些微的光，雖然微弱，卻明顯可見。

輕柔的風灌進通道裡面，帶著微微的芬芳歡迎著他們的到來。

艾爾的身體才爬離出口，眼前的景色卻讓他呆若木雞。緊接而上的賽兒和怪蟲，也同樣如此。

寬廣的星空，壟罩著他們的上方，點點的星辰閃閃發亮。青草搖曳，瀰漫芬芳。

通道的門緩緩地關閉，再也不露出一絲痕跡。不過這個時候，沒有人去注意到回去的路已經消失。

璀璨的星，佔滿著他們的眼，容不下其它的東西。

「星空，就跟書上的一樣呢。珍妮沒有騙我們。」賽兒陶醉地說道。

「不對，她終究還是騙了我們……是更漂亮才對。」艾爾反駁賽兒的話，不過賽兒卻一點都不在乎。

怪蟲深深的吸了一口氣，跟另外兩人一樣，捨不得閉上雙眼。

第八章、失散與重逢

遼闊的草原是如此的美麗，天上的星星就像艾爾他們現在所踏的嫩草一樣，隨處可見。

儘管不願閉上雙眼，不過枕著底下柔軟的草地，卻有催人入睡的效果，再加上一天下來的疲憊，無論是肉體上還是精神上，都逼得三人不得不闔上雙眼。

雖然有心想要找個適合療傷的地方，不過在這可以一望無盡的平坦草原上，實在沒有任何建築可供棲息。就算有，他們身上的傷也容不得他們再走更長遠的路了。

不知道是因為太過疲憊，還是身體所受的傷，三人幾乎都是在躺下的那一瞬間，伴隨著遼闊的星空，閉上眼睛。

無盡的黑暗中，艾爾隱約聽見一些嘈雜的聲音。在這本來應該只有靜謐的草原上，此時卻人聲鼎沸。各式各樣的交談聲隨著晚風吹來，不過可能是因為距遠太遠的緣故，所以只能聽到模模糊糊的聲響。

艾爾有心想要張開眼，不過他的眼皮只掙扎了一下，就放棄行動。

黑暗再次將他拖進無盡的深淵。

時間不知道過了多久，在迷糊中，艾爾恢復了一些些的意識，不過那種半夢半醒的狀態下，他的身體只能做出一些無意識的細微舉動。

儘管如此，他隱約之間還是聽到在他的附近有人興奮地說著話。不過虛弱無比的身體，讓他無法快速清醒。

「老闆，你看這個怪人啊，三隻手啊，多麼稀奇啊。」一個尖銳的聲音在艾爾的不遠處響起。

「哈哈，沒想到結束之後出來逛逛，竟然能夠發現這樣的寶貝。」另外一個低沉卻怪異的男音響起。不知道為什麼，他說話的時候是用氣音說話，而且聲音裡還帶著「喀喀」的聲響，聽得讓人渾身不舒服。

這時艾爾的眼睛微微開啟一條細微的縫，不是他不想張開眼睛，而是虛弱的身體讓他連張開眼睛的力氣都沒有。

模糊的景象在他的眼前晃動，隱約之間有幾個人影在他的身邊走來走去。有一個衣著華麗到有些誇張的人正指揮著什麼，他的嘴裡不斷張合，不過那些句子在艾爾的耳中卻是斷斷續續、模模糊糊。

這時有一個高大無比的身影走到艾爾的附近，就算眼睛看不清楚，不過那巨人般的身高卻幾乎占滿艾爾的眼中。巨人輕輕地抱起什麼，從那外型上可以大致判斷那就是怪蟲。

艾爾劇烈的掙扎，想要阻止他們，不過這一切都只是徒勞。在草地上扭動的身軀，反而引起周圍人們的注意。

「老闆，這裡還有兩個人啊。他們全身都是血啊。還有槍傷啊。要怎麼辦啊？」那個尖銳的聲音再次響起。而這次就在艾爾的耳邊，清晰可聞。不過那尖銳的聲音，讓虛弱中的艾爾也難受的皺起眉頭。

「怎麼辦？你以為我是慈善家嗎？這麼明顯的麻煩，你還問我怎麼辦？管他們去死。」帶著「喀喀」聲的聲音再次響起。他說話的時候揮舞著手中的鞭子，無情的鞭打那聲音尖銳的主人。

「啊，痛啊。老闆啊，我知道啊。痛啊。」尖銳男一邊痛呼著，一邊抱頭蹲了下來，正好蹲在艾爾的正前方。

艾爾努力地想要睜大眼睛看清他的模樣，不過不管他怎麼努力，他的眼皮就是不爭氣。

「動作快，快把寶貝搬走，還要趕場呢。」那個「老闆」將鞭子揮得「啪啪」響，不知道是有意還是無意，在經過艾爾的時候，他用力地踢了艾爾的頭一下。

原本就十分虛弱的艾爾，經過這樣的重擊後再次陷入昏迷。在他昏迷的前一刻，注視著巨人大步的遠離他，手中還抱著什麼。

當艾爾再次醒來時，他躺在一張柔軟的床上，明亮的燈光刺痛他張開的眼。不過一段時間之後，周圍的情況清晰地呈現在他的眼前。

也因為足夠的休息，使得他的意識恢復如常，但是清楚的知覺卻不是一件好事。多處的傷口，刺痛著艾爾的神經；開始結痂的地方又痛又癢，令他難受無比；腹中空虛的感覺，更是讓他一點力氣都沒有。

就在他體會身體的狀況時，昏迷之前的記憶開始湧現，賽兒和怪蟲的情況不明，這樣的擔心讓他不顧身體的疼痛，猛然的坐了起來。

太過大力的動作，拉扯著已經快要痊癒的傷口，雖然沒有再次流血，不過還是惹來艾爾一陣齜牙咧嘴。

潔白的被單從肩上滑下，輕柔的蓋上那個一直趴在艾爾身邊的人。直到這個時候，他才發現房間中除了他之外還有其他人或趴或臥得睡著。

不過因為起身的動作太大，床鋪發出聲音，喚醒房間中的人。

其中一個坐在沙發上，頭歪一邊，睡相難看的人，不顧嘴角的口水，衝上前，狠狠地抱著艾爾。

「你終於醒了，真是讓人擔心死了。」賽兒疲憊中帶著喜悅的聲音傳進艾爾的耳中。

艾爾本來沒有注意到賽兒就坐在一旁，直到她的聲音傳進他的耳中。

賽兒的身上多處包著繃帶，有些紗布上還透出血色，與她蒼白的臉相呼應著。

艾爾緊緊的抱著賽兒，張合的嘴巴似乎想要說些什麼，不過卻一句話都沒有說出來。

千言萬語在這一刻化為一個複雜的微笑，似是劫後重生，又有點如負釋重的意味在其中。

一邊抱著賽兒，一邊看著房間中的另外兩人。

趴睡在床邊的是一個充滿書香氣息的婦人，三十歲快要四十歲的她有著美麗的臉龐，烏亮的雙眼顯得聰慧無比。

此時她正微笑著看著近在眼前的艾爾。在如此接近的距離下，艾爾顯得有些尷尬、拘謹，不過婦人卻緊盯著艾爾不放，似乎眼睛離開艾爾一下都是一種浪費、一種罪過。

另外一個坐在沙發上的中年男子梳著整齊的頭髮，幾根銀白色的髮絲夾雜在那片烏黑之中更顯得嚴謹。就算睡著也端正無比的坐著，從他修長的雙腿看來，當他站起來時，一定挺拔無比。

不知道是不是時常皺眉的關係，在他用那雙灰色的雙眼看著艾爾時，眉間的「川」字都沒有消失。那雙眼睛儘管嚴厲，不過卻不會讓人反感，反而給人一種安心、重諾的感覺。

面對兩人炙熱的目光，艾爾不自在的四處看看，最後將他的眼睛留在賽兒臉上。

「怪蟲呢？怎麼沒有看到他？」

聽到艾爾有些乾澀的聲音，賽兒目光一黯，低下頭不與艾爾對視。「不知道，就只有我們兩個人。」

賽兒的回答讓艾爾嘆了口氣，似乎心中的最後一絲希望也被打破，藏在被子裡的手不自覺的握緊，不過因為被子的遮擋，所以沒有人發現艾爾的異樣。

「這是哪？我們怎麼會在這裡？」在沉默了一段時間之後，艾爾輕輕地拍了賽兒的頭一下，語氣平靜地問道。

賽兒反抓住艾爾的手，就在她張口想要回答的時候，原本緊閉的門無聲地打開。門外的聲響，為這個單調而靜謐的房間帶來一絲風采。

「艾爾今天就可以出院了，醫師說他的恢復情況十分良好，出院之後只需要稍微注重飲食就可以了。如過現在有空的話，家屬可以辦理出院手續了。」護士將門關上後，微笑著說道。在她說話的同時，一邊好奇地盯著艾爾，似乎艾爾是什麼稀奇的珍物。

坐在一旁的男子此時站起身來，就跟猜測的一樣，他的身形十分挺拔。護士說完之候，他也走到門邊。在開門之前，他轉頭說道：「羅恩法，妳陪孩子們說說話吧，我去辦理出院手續。」

男子說話的同時，一邊看著艾爾，一邊看著坐在床邊的女子。不過此時，他的眼神卻沒有剛才的嚴厲，而是憤怒中帶著微微的嘆息。

他的聲音鏗鏘而低沉，一字一句都十分的分明、有力，讓人有一種可以信賴的力量。

這時護士也收回他的目光，對房內的所有人微笑點頭之後，跟著男子走出房間。

當房門再次關閉，靜謐的氛圍又回到房間裡。

艾爾疑惑的看著已經關上的房門，好像可以看透那層木板，看見男子的背影，看見男子離開之前令人疑惑的表情。

「羅恩法女士，這次真的是很謝謝妳，也麻煩妳了。出院之後，我會想辦法找到住的地方。」似乎是注意到自己的無禮，艾爾收回盯著門口的目光，看向羅恩法說道。

「不，不會麻煩……聽賽兒說，你們還有一個同伴，如果道成有他的消息，一定會馬上轉告給你。他現在在警察單位工作，對這樣的事，他會比較清楚怎麼處理。」羅恩法有些吞吞吐吐的說道，甚至是刻意避開艾爾的話，這跟她聰敏的形象有些不符。不過艾爾也從她說的話中得出一些訊息，至少知道男子的名字叫做道成，還有他們對艾爾以及賽兒的情況已經了解大概了。

「再一次感謝你們。對了，我們怎麼會在醫院？」艾爾說話的時候，看著賽兒，不過賽兒並沒有回答。

就在艾爾有些疑惑賽兒不太對勁的時候，羅恩法說道：「你們一身是血地躺在郊區，有些地方還是槍傷，都登上新聞了。還好那天晚上有舉辦巨大的慶典，所以被人救回醫院。」

羅恩法在說這件事的時候，臉上帶著心有餘悸的表情。不過她的表達不再像之前吞吞吐吐的樣子，慢條斯理的語調還有輕柔的聲音讓人聽了很舒服，就好像她說話也是一種藝術。

聽到羅恩法說的話，賽兒將艾爾的手握得更緊。同時，道成也剛好推門進來。

「出院手續已經辦好了，如果艾爾覺得身體還可以，我們現在就可以回家了。」道成說道，在他說話的同時，眼睛看著艾爾。

「謝謝你們，道成先生，羅恩法女士。我的身體狀況恢復得很好，我自己很清楚，所以不用擔心，現在就可以出院了。」艾爾說著，一邊翻身下床，從一旁的椅子上拿起一件全新的外套，披在身上。

剛下病床的艾爾，腳步有些虛浮，不過在一開始還有些站立不穩之後，行走之間的動作卻沒有什麼問題。

「賽兒，這段時間就委屈妳了，我會盡快找到住的地方的。」艾爾對著仍然低著頭的賽兒說道。

「你們不是要跟我們住一起嗎？」羅恩法著急地說到，甚至上前抓住艾爾和賽兒的衣服。

對於這突如其來的舉動艾爾顯得有些不自在，不過出於禮貌，他並沒有抽開被握緊的手。儘管這位第一次見面就顯得處處怪異的陌生女士熱情的有些過份。

這時候道成將已經打開的門再次緩緩的關上，先是皺著眉頭，然後嘆了口氣對羅恩法說道：「妳還沒有告訴那孩子嗎？好不容易……妳知道的，這是多麼幸運的事。」

這些話聽的艾爾一頭霧水，本來兩個陌生人突然出現，並且對自己照顧的無微不至就已經十分奇怪了，不過艾爾還是沒有直接將他的想法說出來。「你們的好心，我十分感謝。出院、住院的事情已經很麻煩你們了，所以住的地方我會想辦法的。賽兒，走了。」

艾爾說完之後，拉著賽兒向外面走去。聽到艾爾的話，羅恩法糾結、猶豫地咬著嘴唇。道成看著羅恩法的神情，一句話都沒有再說，只是默默地陪在一旁。

就在艾爾要將門打開的時候，一直表現的不同以往的賽兒突然說道：「她是媽媽啊，艾爾……她是媽媽……」

已經放道門把上的手突兀的停了下來，艾爾的肩膀在這一瞬間出現僵硬，握著賽兒的手也猛的縮緊。轉身的動作就跟機器人一樣，緩慢而且不協調。

本來一個轉身的動作是十分簡單的，不過艾爾卻花了許久才轉過身看著賽兒。

賽兒仍然低著頭，不過從地上點點的水珠及不斷落下的晶瑩，可以知道此時賽兒已經淚流滿面。

「呵呵，賽兒，妳不太舒服嗎？怎麼說這樣的傻話？沒證沒據的，而且我們連一點訊息都不知道，怎麼可能這麼剛好，才一出來就遇到媽媽。這樣說對羅恩法和道成很無禮的。」艾爾牽強地笑著，眼神中充滿著不相信，還有那瞬間被隱藏的期待。

道成扶著已經淚流滿面的羅恩法坐下，沒有安慰，就只是默默的看著、等著。

一時之間，房間裡除了啜泣的聲音之外，就只有道成平靜注視著已經心慌意亂的艾爾的目光格外醒目。

「是真的……」

低著頭的賽兒，此時揚起她掛滿淚珠的臉龐，目不斜視地看著艾爾說道：「是真的。」

「什麼？」神情還恍恍惚惚的艾爾聽到賽兒這突如其來的話語，似乎並沒有聽明白她所說的到底是什麼意思。

還沒等艾爾詳細的追問，一個柔弱卻堅定地擁抱環繞著艾爾。淡淡的芳香瀰漫著，點點的水珠滴在艾爾的臉上，滑過嘴角時一絲淡淡的鹹溢散開來。

這是一個陌生卻讓艾爾捨不得離開的懷抱。

「羅恩法是我們的媽媽。是媽媽啊。」這時候賽兒不再是忍著啜泣，而是放開音量的大哭，聲音中有悲傷、有歡喜，種種的情緒就這麼夾雜在這哭聲當中。她哭泣的聲音是這麼的大，就連門外都隱隱能夠聽到。

突如其來的消息讓艾爾完全沒有辦法接受，所以他根本就沒有做出任何的回應。

一旁的羅恩法鬆開一隻抱著艾爾的手，用力的將賽兒也拉進自己的懷抱中，緊緊的抱著。

艾爾沒有哭，就連一開始有些錯愕、楞神的臉色都消失不見，臉上只有平靜的表情，只有他因為握緊而顯得發白的指關節透露出他細微的心思。

直到羅恩法和賽兒稍微冷靜下來之後，道成才扶著她們坐了下來。儘管坐著，羅恩法還是一手牽著艾爾，一手牽著賽兒。

至始至終，艾爾都沒有任何表示，只是靜靜地聽著、等著。

可能是因為剛才哭得太過悲切，羅恩法還是有些微微的抽噎。在深深地吸了幾口氣後，羅恩法才緩緩地將一切道來。

「我曾經在地下實驗室中待過一段時間，也跟狂客工作一段時間。二十年前了吧。」羅恩法一邊說，一邊重重的嘆了口氣。也不知道是因為回憶的沉重，還是為了將剛才哭泣所壓抑在胸口的濁氣吐出。

聽到羅恩法說的話，原本還微低著頭的艾爾，此時張大眼睛看著羅恩法。雖然注意到艾爾的目光，不過羅恩法還是接著說下去。

「那時候的實驗室是由鍊廣教授主持，他真是一個驚才絕豔的人。在那個時候，基因序碼已經被破解得差不多了，所以我們開始進行『完美基因』的實驗。我們想要創造一個擁有完美基因的人類，從這裡為出發點，促進人類快速、完美的發展。」羅恩法在說這些話的時候，臉色變得蒼白無比，似乎她在害怕些什麼，不過她緊握著雙手，堅持著說下去。

「實驗成功了，對吧。妳是我們的媽媽，那我們的爸爸呢？是道成嗎？」賽兒問道。她必沒有注意到羅恩法的臉色，而是期待的看著道成。急促的語氣似乎並不是為了得到答案，而是在擔心些什麼。

道成並沒有回應賽兒的詢問，因為此時他正緊閉著雙眼。

聽到賽兒說的話，羅恩法的臉色更加蒼白幾分，不過她還是接著說了下去：「因為實驗室的廣大號召力，所以一下子就從世界各地找來各領域的菁英、翹楚。利用已知的基因序碼，從那些人的精子、卵子中提取最優異的基因，融合之後成了新的精子、卵子……這就是完美基因。精卵雖然完美的受精，不過卻一直沒有辦法順利成長，實驗一度停滯。我們針對這項議題討論了很久……真的很久。」

聽到羅恩法說到這裡，房間裡落針可聞。賽兒已經不再流淚，不過她卻因為羅恩法所說的而呆愣許久。艾爾不知道在想些什麼，不過他卻咬牙切齒，臉上甚至露出一絲絲的屈辱。原本默默坐在沙發上的道成，此時抬起頭看著艾爾和賽兒，想說些什麼，不過最終歸為一聲嘆息。

看著艾爾微微扭曲的臉龐，羅恩法嘆了口氣，將眼睛閉起來後說起那段未完成的話題：「為了這項實驗，我們僵持了許久，雖然找出原因，不過正是因為這樣，我們也從僵持發展成爭執。不知道為什麼，狂客這麼執著於這項實驗，甚至不惜跟他最敬愛的鍊廣教授翻臉。在一次激烈的爭吵後，實驗停止了兩週的時間。那一天……狂客跟我說已經找到能夠順利讓受精卵著床的方法了。我很期待，也很高興。不過等待我的卻是一片的黑暗。我進到實驗室……昏迷……當我醒來的時候已經離開了實驗室，回到了這個世界。」

「怎麼了？為什麼會……昏迷？」賽兒虛弱的開口問道。

「我也不知道為什麼會昏迷，只知道當我清醒的時候，我沒有了子宮……或許狂客念在師兄妹的情分上，讓我一點痛苦都沒有，也讓我沒有生命上的危險……我知道他有這樣的能力……他就是這麼優秀……」羅恩法說完之後，眼神空洞的笑了兩聲。

聽到羅恩法說的話，賽兒滿臉焦慮，雙手不由自主地用力扭在一起。到了後來甚至傳出「喀喀」的聲音，她卻沒有自覺。

還沒等一旁艾爾和羅恩法反應過來，一直默默坐著的道成急忙地衝過來，分開賽兒的雙手。

原本有著健康色澤的雙手，此時變得異常紅腫，其中有一些指頭還出現不正常的扭曲。

不知道是因為羅恩法所說的事情讓賽兒震撼，還是因為雙手骨折所帶來的痛苦，原本止住淚水的眼眶，再次溢滿鹹澀。

道成急忙地叫來醫生，花費了一些時間將賽兒的手包紮好。在醫生離開之前，憤怒的訓斥了道成和羅恩法一頓。不過沉重、壓抑的心情，讓醫生的訓斥變得不那麼重要了。

醫生的離開，使得房間裡再次恢復平靜，偶爾傳出的哭泣聲是唯一的旋律。直到一段時間之後，艾爾的聲音才打破這樣單調的五線譜。

「妳這麼說，就能證明妳就是我的母親嗎？妳怎麼可以肯定我不會是狂客博士領養的小孩？妳怎麼就那麼確定我會是那樣的怪物，那樣的……雜種？」艾爾語氣冷硬的說著。說到後面，他幾乎是怒吼著出聲。

似乎是被艾爾這樣失控的怒吼聲嚇到，羅恩法和賽兒根本就無法動彈。只聽到一聲巨大的撞擊聲傳來，還有一個壓抑而低沉的質問聲。

「你說那什麼鬼話？」原本道成坐著的沙發翻倒在地，巨大的聲響顯然就是從這裡傳出。同時，艾爾捂著臉龐蜷縮在一邊的櫃子旁。

道成想要再跨出一步，不過還是收回他的步伐。爆滿青筋的雙手不斷地握緊再鬆開，顯示他正極力的控制。露出衣外的強健肌肉，過了許久才緩緩平復。

羅恩法並沒有想像中再次崩潰，而是走到艾爾的身邊抱著他。

從懷中取下一條項鍊遞給艾爾，艾爾下意識地接過。看清之後，才發現那正是狂客博士送給艾爾的生日禮物。

「因為這條項鍊，我知道你們就是我的孩子。」羅恩法溫柔地說道。

她一邊說，一邊從她的脖子上取出另一條一模一樣的項鍊。同樣的鐵鍊，同樣的人，同樣被緊緊纏綑著。

「這樣的項鍊只有兩條，而且原本是由狂客保管。十八年前，我醒來的時候發現我的胸前多出了這條項鍊；十八年後，我也看見了你胸前的另一條項鍊。」羅恩法說著，將兩條項鍊並握在一起，緊緊的拿著。

「也不知道是不是上天刻意的安排，讓你們住進這家醫院。其中的一位醫生就是我的好友，他在看到艾爾脖子上的項鍊時，也想到我這裡有一模一樣的項鍊。可能是項鍊的樣式太過奇特，我們在聊天的時候他還對我提起。那時候，我就知道了……我就知道了……」羅恩法一邊說著，一邊將握緊項鍊的雙手頂在自己的額前，口中輕聲地感謝著。

艾爾直勾勾的看著羅恩法手中的兩條項鍊，臉上的神色變換不停。似乎是想說些什麼，不過所有的話都硬生生停在了舌尖。最後，只是默默地將原本屬於自己的項鍊拿回，緊緊的握在手中，卻不再戴回脖子上。

當項鍊離開羅恩法的手中，她目光複雜的注視著那條項鍊。

「賽兒，妳會跟我們走吧？跟我們回家。這樣你就有爸爸跟媽媽了啊。雖然道成不是你們的親生父親，不過……」羅恩法緊張的看著賽兒。雖然幾乎可以確定賽兒會跟羅恩法他們一起回家，不過在沒有得到肯定的答案之前，羅恩法似乎沒辦法放心下來。

賽兒並沒有馬上回答羅恩法的問題，她看著道成，眼中有一絲期待、一絲緊張。

注意到賽兒的目光，道成收回跟羅恩法交流的眼神，認真地回應賽兒的注視。他的嘴唇一如既往的緊抿著，不過卻肯定的點了點頭。從他的表情上看來，誰都可以確定他的承諾重如千金。

道成率先打開房門，側身讓羅恩法先出去。原本羅恩法還想要對艾爾說些什麼，不過看到道成微微搖頭，猶豫了一下後，緊咬著嘴唇走了出去。

緊跟在後的道成將房門輕輕帶上，不過他們兩人卻沒有離開，而是靜靜地等在門邊。沉默的氣氛不只在房間之內出現，就連站在門外的兩人也沉默不語，倒是跟醫院安靜的環境相呼應。從旁邊經過的其他病人或護理人員在沉默中擦肩而過，一動一靜之間形成對比。

道成無時不刻注意著羅恩法，大部分的時間他都將目光放在她的身上。注意到羅恩法焦慮不堪的心情，道成粗糙的大手緊緊的握住羅恩法的手。依舊沉默不語，不過與之前的氣氛卻又有那麼一絲不同。

沒過多久，緊閉的房門再次緩緩地開啟。最先出現的是賽兒帶著一絲微笑的臉龐，被牽著手的艾爾緊跟在後。

因為艾爾在出門之後一直低著頭，所以沒有人知道他到底在想些什麼。

看到出來的兩人，羅恩法緊繃的臉終於鬆懈下來，甚至露出微微的笑容。雖然道成沒有任何表示，就跟沉默不語的艾爾一樣，不過從他鬆開羅恩法的手也可以看出一二。

一家四口就這麼走著，沿著筆直的走廊向大門的方向前進。

不時的有人從大門出入。每一次自動門的開啟，都會有一陣微風送來混著泥土芳香的氣味，帶著一絲絲的水氣，讓人格外的舒爽。

在出醫院大門之前，賽兒鬆開艾爾的手，跑向羅恩法，並且緊緊的挽住羅恩法的臂彎。原本跟羅恩法並排前行的道成，走到艾爾的身邊，有些猶豫的攬著艾爾的肩。這樣的動作讓艾爾明顯的僵硬了一下，隨後又恢復自然，沒有甩開道成。

醫院外面是一片晴朗，沒有消毒水的味道，沒有沉悶的氣氛，沒有急忙而過的人，只有開闊的天。

布置優美、清靜的公園出現在眼前。沒有其他公園的喧囂，反而卻靜謐中帶著一些美好。

成排種植的路樹盡情伸展著樹枝，茂密的綠葉覆蓋其中，還有一顆顆晶瑩的水珠點綴其中。

一些年紀稍小的孩子站在樹下，伸直著手想要接著落下的水滴。

雨過天晴的天空格外的藍，偶爾有一小片的雲彩飄過，更是為此帶來一絲舒爽。溫暖的陽光灑下，照的人看不清賽兒的臉，不過從她和羅恩法時不時傳來的笑聲，讓人倍感溫馨。尤其是其中一個笑聲，充滿著歡喜及童真，就像皮球撞擊地面的聲響，好似從遙遠的過往傳來。

跟在後面的兩個男人，卻沒有那麼明確的表達，不過那個相較修長的影子，此時正微微的搖曳。似乎是應和著那皮球聲，搖著，跳著。

第十章、上學

這是一棟精美、溫馨的小屋，在一排排同樣的屋子間並不顯得特別，不過艾爾及賽兒卻在這鋪滿潔白鵝卵石車道上駐足許久。

在上了道成的小車後，沿路的建築就牢牢地吸引著賽兒的目光，就連原本低頭不語的艾爾也不自覺地將他的視線移向窗外。

兩個小時的車程，對大病初癒的兩人來說實在是太過長久，不過他們卻沒有一絲疲憊的樣子。

就連到了家門前，他們的臉上還露出依依不捨的神情。眷戀的走下車後，注意力隨之被眼前的房子吸引。

被他們今後的家所吸引。

人們是好客的，尤其是好鄰居就更加好客了。原本在整潔、乾淨的小路上散步的人們，看到從車上走下來的艾爾和賽兒之後，紛紛圍了過來。

「羅恩法，你們家來客人了嗎？」熱心的人們好奇地問道。

聽到這樣的問題，羅恩法開心中帶點驕傲回答道：「這是我的孩子。」在她說出這句話之後，周圍的招呼聲、疑問聲通通停了下來，不過在羅恩法補上「失散多年」之後，一切又恢復那熱情的嘈雜聲。

也因為羅恩法這樣的回答，那些鄰居不再限於打招呼了。摸頭的也有，拍肩膀的也有，種種讚美艾爾及賽兒的話語都讓羅恩法開心不已。這樣的讚美，其中好奇的成分恐怕居多吧，不過這個時候，誰還會去在意這些呢？

賽兒開朗、粗神經的特質在這個時候發揮的淋漓盡致，「叔叔、阿姨」開始叫了起來，甚至抱起一個好奇圍觀的五、六歲小孩，原地轉著圈圈。

「呵呵」笑聲在周遭的話語聲顯得特別。

相較於賽兒快速融入人群，艾爾就顯得侷促許多。面對這些面帶微笑的人們，艾爾同樣微笑的回應著。沒有對答、沒有互動，就只有開始機械化的微笑。僵硬的身體顯示出他的侷促，不過周圍的人顯然將這樣的表現當成害羞。

還是道成注意到艾爾的情況，跟周圍的人們打聲招呼之後，攬著艾爾的肩走向大門。可能是道成的認真，或者是道成的嚴謹，在他說話的時候沒有人跟他開玩笑，就連在走向房子的路上，人們也會自動讓開。

羅恩法拉起還在玩鬧的賽兒，跟上道成的步伐。賽兒將懷中的小孩放下，開心的親了親那張圓圓的臉蛋之後，向周圍的人們揮手。

在家門關上的前一刻，似乎從背後傳來「沒想到……」「對啊……」「不過……」

「你們說……」之類的話語聲。

當門關上之後，一切的聲響都被阻絕在外了。只有從窗戶前可以看到，逐漸散去的人群，以及他們仍然好奇的背影。

聲音的隔絕還有熱情招呼的遠去讓艾爾明顯的鬆了一口氣，反倒是賽兒有些遺憾地看著窗外。

沒有了外人圍觀所帶來的拘謹，並不代表艾爾及賽兒就可以完全的放鬆下來。

來自羅恩法小心翼翼的關切聲，就連一向大咧咧的賽兒也有點不自在，就更不用說是艾爾了。

「你們先等一下，我去幫你們收拾房間，只要整理一下就好了。如果口渴的話，冰箱裡面的飲料隨便拿。」羅恩法開心的說著。或許她沒有注意到賽兒因為拘謹而牽著艾爾的手，也或許她有。不過相對於羅恩法所表現出來的開心、喜悅來說，艾爾及賽兒的拘謹並不會影響到她的心情。

當道成的手放到艾爾及賽兒的背上時，可以明顯地感覺到他們肌肉的僵硬，就連賽兒握住艾爾的手也在那一瞬間收得更緊。

不過道成自顧自地將兩人推到客廳中的沙發旁，有力的雙手卻出奇溫柔地將兩人壓到沙發上。

或許是沙發的柔軟，也或許是道成嚴肅、認真的臉上所露出的那一絲絲溫暖笑容緩和了兩人的情緒，雖然如此，他們坐在沙發上的背還是無法輕鬆、隨意地靠在椅背上，兩人分開的手也各自擺在自己的膝蓋上。

看到兩人的樣子，道成無奈的搖了搖頭後走向廚房。當他再走出來的時候，兩手各自拿著一杯果汁，輕輕地放在兩人的面前。

盯著兩人好一會，道成走到一旁的搖椅上看起了電視。電視的聲響似乎吸引了艾爾及賽兒的目光，不過他們那種超乎尋常的專注，實在不像一般人看電視應有的樣子。

客廳裡除了電視節目傳來的聲音之外，一旁吊鐘的滴答聲似乎被放大了不少。

「你們的房間整理好了，我先帶你們去看一看吧。」羅恩法的聲音打破了這片沉默所帶來的壓抑。

從羅恩法去整理房間到她出現其實只有短短的一下時間，不過從賽兒細微卻毫無規律的身體搖擺，還有艾爾不斷摩擦自己膝蓋的大拇指看來，這樣的短時間似乎不太好過。

接下來的時間，兩個人就像機器人一樣，羅恩法說去那裡，他們就走去哪裡。

先是在這間房子繞了一下，知道主要廳室的位置後，羅恩法帶著兩人走向二樓。在二樓走道的最裡面，就是艾爾及賽兒的房間。

兩個人就這麼站在自己房間的門外，默默的看著房門，沒有絲毫的動作。

看到兩人靜止不動，羅恩法疑惑地笑了笑，在兩人的背後輕輕的推了一下，他們才打開各自的房門。

就在艾爾注視著房間內的擺設時，羅恩法的聲音從背後傳來：「我跟道成去幫你們買些日常用品，一下就回來。如果覺得無聊的話，就隨便看一看。」

說完之後，羅恩法親了艾爾的臉頰一下。

親吻臉頰的動作讓艾爾的視線從房間移向羅恩法。看著她走向賽兒的房間，同樣親了賽兒一下，直到她走下樓梯後，才收回自己的目光。

艾爾輕輕的將房門關上，走向自己的床。床不大，卻正好可以讓艾爾舒展他一米八的身體。潔白的被單被艾爾躺下的動作壓得有些皺褶，不過他也不理會。

直到這個時候，艾爾才算真正的放鬆下來。

平躺在床上的身體，誇張的伸展著。柔軟、溫暖的被窩將艾爾漸漸帶入夢鄉。原本還晶亮有神的雙眼，此時變得迷濛，眼皮在那一張一闔之間掙扎，不知道該選定那一邊。

「喀」的一聲輕響，原本緊閉的門被緩緩地打開。聲音雖然輕微，不過卻讓艾爾瞬間驚醒，快速地跳了起來。

「艾爾，是我啦。」賽兒的聲音從門邊傳來。

聽到賽兒的話，艾爾原本緊張的身體才放鬆下來，再一次很沒形象的躺回床上。

「艾爾，你說這一切都是真的嗎？我們會不會在做夢啊？」賽兒雖然一連提出幾個問題，不過她的語氣卻是肯定的。開心、期待的情緒隨著她的話語緩緩地傳出。

「真的吧。我們也沒有什麼值得他們騙的吧。」艾爾隨意地回答。被睡神降臨的他，隨意地回答，根本沒有注意到賽兒的心情。
聽到艾爾無所謂的回答，賽兒並沒有生氣，她的臉上還是維持著開心的笑容。
在賽兒微笑的期間，艾爾已經沉沉的睡去。
無聲地站在床頭，賽兒望著窗外，玻璃被擦得晶亮，所以很清晰地看到外面的景象。道成的小車，緩緩地滑過鵝卵石的車道，向著筆直的道路開去。直到一個下坡，完全的隱藏住整個車身。
賽兒目視著車子的離開，一直到看不見車影之後，才爬到艾爾的床上。一邊推搡著艾爾，一邊將蓋在艾爾身上的被子搶過來抱著。
「睡過去一點啦。」賽兒嘟囔著說道。
回應她的是艾爾含糊不清的碎語聲。
房間內的呼吸聲趨於悠長，此起彼伏的鼾聲形成一場另類的交響樂，可惜的是沒有人觀賞。
這場交響樂一直到門邊傳來敲門聲才停止。
最先醒來的是賽兒，她看到羅恩法微笑的臉龐之後，原本有些迷糊的臉脹得發紅。害羞地藉由猛力搖醒艾爾的動作避免與羅恩法眼神的接觸。
猛力的搖晃使得艾爾在說了幾句模糊不清的話之後，漸漸地醒來。不過當他聽到羅恩法說話之後，迅速並且突兀的從床上坐起。

「該起來了，晚飯已經準備好了。呵呵！你們兄妹的感情還真是好。」羅恩法開心的看著兩人，語氣慈愛的說道。

艾爾起身的動作太過誇張，力道又十分的巨大，所以在一旁搖晃艾爾的賽兒，被艾爾的頭猛力地撞了一下。

一時之間，房間裡在兩人的痛呼聲中混亂無比。

羅恩法看到這樣的情形快步地走向前，發現他們沒有什麼事後笑著摸了摸他們兩人的額頭。

摸額頭的動作讓艾爾在臉紅中沉默不語，不過賽兒在一開始的不自在後也跟著笑了出來。

此時的天色已經完全暗了下來，透過窗戶看去，可以看到外面的路燈正發出微微的光亮，照耀著外面一個一個的小角落。

相較屋外的黑暗來說，房子裡的每一個角落都被柔黃色的光芒包圍著。晚餐正是在這樣溫馨的氣氛中開始。

羅恩法及道成不斷地為艾爾和賽兒的碗裡添菜，他們兩人也只能被動的接受。

晚餐期間，羅恩法一直試圖帶來一些話題，回應她的卻幾乎都是沉默，只有賽兒稍微放開了一些，時不時地回答問題，不過卻也不會主動挑起話題。

這樣的情況一直持續了好幾天才開始改善。

「媽媽，我出去了。今天我跟麗娜她們要去公園逛一逛，如果有時間的話，他們說要帶我去熟悉一下其它的環境。」賽兒在玄關一邊穿著鞋子，一邊對一旁的羅恩法說道。

「嗯，記得要小心一點。」羅恩法輕輕地回應著。幫賽兒將門打開，看著她飛快地跑出去，與已經等在外面的女孩們開心的談笑。

走回客廳的時候，艾爾已經吃完早餐，捧著一本書專注地讀著。

「你不跟鄰居們出去嗎，艾爾？今天的天氣很適合出去走走。」羅恩法走向前，將艾爾手上的書輕輕的闔上。

幾天的相處下來，一開始的拘謹已經變得很淡了。時間固然是一個原因，賽兒的個性影響艾爾許多，以及鄰居們熱情的招待也是一大助力。

「下午涼一點的時候，我有跟男孩們相約一起出去打球。」艾爾微笑著說道。

說完，艾爾將已經闔上的書再次打開。羅恩法無奈地嘆了口氣後，準備起身。不過在她起身之前，艾爾的聲音從書的後方傳來：「羅恩法……」

「怎麼了？」對於艾爾一直直呼羅恩法及道成的名字而不肯叫他們爸媽的事情，雖然讓他們有些失落，不過他們還是由著艾爾。

儘管賽兒在私底下說過艾爾許多次了，不過艾爾仍然沒有將那兩個字說出口。

「我在想，我跟賽兒……可不可以去上學……」艾爾說著。這時候，他從書後露出的兩顆眼睛，正期待而緊張的看著羅恩法。

聽到艾爾問的問題，羅恩法愣了一下，繼而開心的笑了起來，因為這是艾爾第一次主動要求什麼。

「本來我就想找個機會跟你們說的。過幾天，你們的身分證來了之後，我跟道成想要幫你們辦入學手續。不過顧忌到你們才發生那樣的事情，所以我們還是希望以你們的意見為主。如果你們還不想去上學的話，可以休息一年。不過你們終究還是需要學習，教育的事情是不能馬虎的。現在你主動提起，真是太好了。」羅恩法開心地說道。

幾天後，艾爾和賽兒背著書包，走到社區外的公車站搭車。相伴的，還有時常跟賽兒玩在一起的麗娜。

麗娜比艾爾他們還要小兩歲，不過艾爾他們卻同樣就讀高一。因為沒有就讀任何學校的紀錄，所以原本是要從國小開始讀起。

萬幸的是，道成幾天奔波下來的結果，在加上一堆隨之而來的測驗，證明艾爾他們不必從新學起後，最終的課程定在高一。

「賽兒，你們放心吧。只要跟著我，一切都沒有問題的。」麗娜有些大咧咧的說道，完全沒有意識到她自己比賽兒他們還小兩歲。

聽到麗娜說的話，賽兒撲上前去打鬧了起來。至於艾爾，他緊了緊書包的背袋，開心的笑著。

巴士帶著淡淡的塵煙，緩緩地滑到艾爾他們的面前。

在登上巴士的前一刻，一直看著三人笑鬧的羅恩法及道成揮了揮手。

「放學的時候，我會來這邊接你們的。」羅恩法說道。

回應她的，是艾爾上車前回頭的一抹笑容，還有賽兒及麗娜衝到車後，對著他們不斷揮舞的手。

車門緩緩的關上，巴士再次捲起淡淡的塵煙，開向遠方。

第十一章、怪蟲的消息

「準備好了嗎？」艾爾開心地大喊。

他的旁邊圍繞著三個男孩，每一個人的手上都提了一到兩個水桶，裡面的水裝的滿滿的，只要輕輕一晃動，就會有大量的水灑出來。

「還沒，還沒。我還沒準備好。再等一下啦。」聲音從艾爾門前的後方傳來。聲音中嘻笑、興奮的情緒隨著已經進入變聲期的男音傳了出來。

「喔，快點啦。我的手快要斷了耶。」男孩中最為矮小的開始抱怨，就屬他灑出來的水最多。在他說完這句話之後，甚至連他自己也站立不穩，東倒西歪地撞向其他人。

「小畢，不要撞啦。我的腳都濕了耶。」被撞到的男孩們嘻笑著說道。

「不等了。一、二、三，潑！」艾爾看著他周圍的男孩已經等不及了之後，不顧男孩「還沒」的要求，將手中的水向高處潑起。

水花四散，紛紛向著他們前方的隔間裡掉落。

那個叫小畢的男孩，因為力氣不夠又提了兩桶水的關係，所以他根本沒有辦法將水潑進隔間裡。

站在他兩邊的男孩就遭殃了，大片的水花飛向褲管、衣服。只有一下子的時間，就跟落湯雞沒什麼兩樣。其中一個更加倒楣，被掉落的水桶砸向腳跟，痛得他抱著腳不斷急跳。

因為地面都是水的關係，所以一個重心不穩，跌了個狗吃屎，將背後僅存的一片淨土也染濕了。

就在其他人取笑跌倒的男孩的時候，一聲怒吼聲從隔間裡傳出：「喂！不是只有潑水而已嗎？為什麼連水桶都空降了？」

在聲音傳出來的同時，隔間的門被用力地打開。一個穿著雨衣、撐著雨傘的男孩氣沖沖地揮舞著手中已經變形的水桶走了出來，就連手中雨傘的一小部分傘架也七零八落。

幾個架著小畢脖子的男孩，看到這樣的情形，開始放聲大笑，就連剛才不斷求饒的小畢也笑出聲來，不過因為脖子被架住的關係，所以他的臉脹得發紅。

「啊，真是對不起。我的手滑了一下，你也知道的，因為有水的關係，所以摩擦力變小了嘛。」艾爾用無辜的表情嘻笑的說道。

聽到艾爾的回答，其他人笑得更大聲了。拿著水桶的男孩，規矩地將水桶放回固定位置之後，再拿出一支刮水刷，認真的說道：「已經玩夠了。既然地板已經上水，我們應該要好好的清洗了。」

說完之後，還沒有等其他人反應過來，就用手中的刮水刷用力地在地上一推。

有些烏黑的水花四散飛濺，原本潔白的磁磚牆面出現一點一點的污痕。隨之而來了是其他男孩的哀號聲。

「全身都是了耶。」

「我吃到水了。為什麼還有尿味？」

「白癡，廁所沒有尿味才奇怪吧。啊，我的制服……」

似乎對這樣的結果很是滿意，潑水的男孩此時一改他認真的表情，嘴角露出欠扁的笑容，用那種奸詐的語氣說道：「哎呀！真是對不起，一不小心就推出去了。你們知道的嘛，因為有水的關係，所以摩擦力變小了，很難控制啊。我的朋友們，你們會原諒我的，對吧。」

儘管被水潑的整身都是，艾爾沒有跟著打鬧，而是默默地走到掃具間，拿出另外一隻刮水刷。當對方的話語一落下，艾爾就毫不留情地用力一推。這個時候，不管是原本的加害者還是受害人都被噴了一身。

一時之間，整個廁所就像發生世界大戰一樣，刷子當作火箭、水桶當作炸彈，而地上的髒水則成了現成的子彈。

從他們的臉上，根本看不出來他們正做著又髒又累的工作。男孩們變得烏黑的臉龐，此時洋溢著青春的笑容。歡樂的笑鬧聲在這間不怎麼好聞的廁所裡響起，傳得老遠，就連上課的鐘響也被掩蓋過去。

艾爾敏捷地躲過一團呼嘯而過的沾水衛生紙，手順便壓了一旁的男孩一下。因為腳滑的關係，被壓的男孩向前摔去，乘著地面上的水，快速地滑去。一下子的時間，又撞倒了幾人。

就在艾爾想要放聲大笑的時候，一聲怒吼從艾爾的背後傳來：「你們在幹什麼？已經上課了，為什麼還在這裡？」

看著眼前有些禿頂的高瘦男人，原本正在嘻笑的男孩們各個立正站好，嚴肅的表情好像他們正在進行什麼偉大的任務。

面對眼前帶著眼鏡、表情肅穆，不過卻黏了一坨衛生紙的臉，艾爾大聲地說道：「報告校長，我們在掃廁所。」

「掃廁所？你們可真夠認真的，連垃圾桶的衛生紙都用水洗了啊？還有，怎麼又是你，艾爾！清理完之後，回去上課。中午在中庭報到。」校長先生憤怒地說道。

「是！」艾爾大聲地回答。不過當他回答完，向前將校長臉上的衛生紙團拿掉的時候，可以看到校長的臉皮一抽一抽地。

男生們用最快的速度將廁所的水刮掉後，衝向電腦教室。

「對不起，我們遲到了。」小畢「碰」地一聲將門打開後，大聲地報到。

「進來吧。」坐在最前方的老師有些無奈地看著全身溼答答、髒兮兮的幾人，有氣無力地說道。

聽到老師的答覆，幾個男生踩著木質的地板「碰碰碰」地走到自己的座位上。濕掉的襪子在地板上留下一個又一個的清晰腳印後，老師又是一陣無奈的搖頭。其他的同學紛紛摀嘴偷笑，似乎對這樣的事情已經見怪不怪了。

因為艾爾他們的加入，這堂課變的喧鬧許多。雖然吵吵鬧鬧的，不過課堂間的互動卻很不錯。

午飯過後，幾個打掃廁所的男生準時地走到學校的中庭。遠遠的，就可以看到校長那顆在太陽底下散發光亮的頭。

「校長好。」幾個人有氣無力地說道。

「午休時間你們幾個就在這裡站著吧。」校長說完，頭也不回地就離開了。

夏天的陽光炙熱無比，一束束的光線就像割人的刀鋒。中庭地四周種滿了高大的樹木，不過卻沒有減熱的效果。

汗水如同噴泉一般不斷流出，滴在地上形成一個又一個點。不知道是不是錯覺，滴落地面的水滴一下子就變成煙霧，消失不見。

微微吹動的風，搖曳著椰樹巨大的葉，不過風兒太過「熱」情，卻是對艾爾他們另類的折磨。

幾個走過的學生對站在這裡的艾爾他們已經習以為常，個別熟識的還會停下來跟他們打聲招呼。

「你們又被罰站了啊。回家的時候，我一定會跟其他人說。」麗娜經過的時候笑著說道。站在她身邊的兩個女孩，看了艾爾一眼，紛紛笑了起來，拉著麗娜的手就要離開。

順著兩個人的拉動，麗娜拖步向前。不過在向前的時候，一邊回頭說道：「今天我會去找賽兒喔。幫我跟她說一下，謝啦。」

接著麗娜之後，又陸陸續續有幾個人經過艾爾他們罰站的地方。

不過奇怪的是，那些停下來的人，再說了幾句話之後，都會摀著鼻子快步走開。

這時候，一聲刺耳的聲音遠遠地傳了過來：「唉呀，這不是完美先生嗎？怎麼又被罰站了？」

刻意變調的聲音聽起來格外令人討厭，幾個站在艾爾身邊的男生已經躍躍欲試地準備向前。不過一個稍微低沉穩重的聲音制止他們摩拳擦掌的動作：「我們是被校長罰站。不過有人藉機過來挑釁，傳到老師的耳中……不太好吧。尤其是，你又是糾察長的身分，你的榮耀允許你這麼做嗎？再說了，三年級的我們，應該沒有那麼多時間留校查看吧。我們是無所謂啦，反正艾爾會幫我們輔導功課，不過身為資優生的你，真的忍心浪費你那寶貴的時間？」

聽到這些話，來人將他的目光從艾爾身上轉移到那個最高最壯的男孩身上，他就是之前在廁所撐傘的傢伙。

用厭惡的眼光在幾人的身上逡巡一圈後，來人緊了緊手中的登記板，有些刻意地調整筆挺制服上的臂章後，「哼」地一聲甩頭離去。

「什麼東西啊。如果剛才不是阿克說話，我早就揍他了。」小畢憤恨地說道。

「就是。他就是忌妒你，艾爾。誰叫你又高又帥，成績好、運動好、女人緣好。真不愧是我老婆。」另外一個有著金色長髮，面容俊美的男孩說道。他說話的同時，一邊用手指在艾爾的胸口上畫圈圈。

「少噁心了，誰是你老婆。就是要也要嫁給萊恩。」艾爾說完，拍掉金髮男孩的手，一把攬過站在他旁邊帶著大黑框眼鏡，留著西瓜皮頭的沉默男孩。

聽到艾爾的話，沉默男孩順勢摟住艾爾地腰，還踢了金髮男孩的屁股一腳。

「雖然不能打架，不過我現在很想扁你耶，法斯洛。」阿克笑著對金髮男孩說道。

聽到阿克說的話，法斯洛難過地說道：「我要跟我媽媽講，你們都欺負我。」

其他人則是放聲大笑。

看著原本有些消沉、難過，現在同樣開懷大笑的艾爾，阿克認真地說道：「你不可能讓每個人都喜歡你，艾爾。不過也不會每個人都討厭你。」

「對啊，你不是還有我們嗎？」小畢嘻皮笑臉地說道。

聽到這些話，艾爾在每個人的胸膛都輕輕地捶了一下。隨著其他人，放聲大笑。

「你們在搞什麼鬼，罰站還是開同樂會？」一聲震天的怒吼從五人的背後傳來。只見到一個身著軍裝的教官一手握著門把，一手指著艾爾他們大聲怒吼。

聽見這個聲音，五個原本還嘻笑不停的男孩，瞬間站地比標槍還要挺直。因為看不見身後的動靜，也不知道教官是不是還在後面，所以短短的一段時間，竟然讓他們汗如雨下。一直到傳來一聲輕輕地關門聲後，男孩們才鬆了一口氣。

「什麼味道？怎麼這麼臭啊？」小畢誇張地喊道。

「你白癡嗎？被廁所的髒水噴到之後，我們都沒有清洗。現在又站在大太陽下曬，不臭才怪。」萊恩一邊說著，一邊扶了扶自己的眼鏡。

「難怪剛剛那些女生一打完招呼就走，原來是因為太臭了啊。看來我美麗的容貌還是抵不過臭味啊。需要加強，需要加強。」法斯洛輕輕地撥弄自己的金髮，有些遺憾地說道。

他的話一說完，馬上就招來其他人一致的白眼。

「雖然學校不會通知家長，不過我爸媽他們看到我現在的樣子，我要怎麼跟他們解釋啊？」小畢哭喪著臉說道。

「為什麼學校不會通知家長？我們犯了這麼嚴重的錯誤耶。拿衛生紙攻擊校長。還是說現在的學校已經變得這麼人性化了？」法斯洛迷糊地問道。

聽到這樣的問題，站在一旁的阿克不耐煩地回答道：「上次不是跟你們說過了嗎，你這隻只會睡覺的金毛豬。之前我不小心在教官室前面偷聽……不是，是因為那些老師說話的聲音太大聲了，我不想聽也不行。他們說，如果我們一犯錯就叫家長來的話，那我們的爸媽一天要來學校兩、三次。父母麻煩不說，老師他們每次打電話都會不好意思了。所以，只要不是像之前實驗室爆炸之類的事情，就盡量不要通知家長。」

這番話讓法洛斯羞愧地低下了頭，不過他還是紅著耳朵強辯道：「睡美容覺又不是一件壞事。還有，你怎麼可以叫我金毛豬。你這隻黑毛大金剛。」

看著快要打起來的兩人，小畢快速地說道：「艾爾，你在做一次炸藥包吧。我們去炸校長的家，誰叫他讓我們在這裡罰站。還是在那個臭屁糾察長的椅子上放炸藥。再不然，我們就去轟炸教官室。」

在高一的學期末，艾爾在化學實驗室研究，希望能從課本上的內容衍伸出一些好玩的東西，意外引發實驗室大爆炸後，許多人都喜歡拿這件事調侃艾爾。

原本就極受注目的艾爾，在這次的事件後更是廣為人知。因為艾爾在各方面的完美，從一入學就成為學校的風雲人物。自從在實驗室爆炸之後，其他地區的人，也都從新聞中聽過艾爾的名字。

「我相信艾爾的技術，不過我不信任他的智商。」萊恩冷靜地說道。

「你怎麼能這樣說我？第二次爆炸還不是因為我想要去幫你們偷拿……爭取月考考卷。」艾爾一臉冤枉地看著其他人。

「那是因為你那次懶得幫我們複習功課，還說有一個方法可以讓我們安全無疑地通過考試。」聽到艾爾說的話，阿克一改他穩重的風格，生氣的瞪大著眼。

「更扯的是，考卷明明就放在教務處，為什麼你會去炸學務處的門。被警衛發現後，你自己說說，你編了些什麼爛藉口。你說你喝酒喝太多，沒有看到前面有一扇門，所以不小心撞壞了。那個警衛也真夠智障的，那麼一大片爆炸痕跡在那，他竟然還放你過去，只叫你負責把門修好。」小畢忿忿地說道。

法斯洛同情地摟著艾爾的肩膀，臉色精彩而且語氣抑揚頓挫的對著艾爾說：「唉，小艾，你那時候喝醉酒了嗎？怎麼連這樣的藉口都說得出來？」

聽著他們一致的調侃，艾爾用力地將法洛斯的手拍掉，憤憤不平地「哼」了一聲，不再理會他們。

午休結束的鈴聲恰好響起，艾爾一言不發的向教室走去。

其他四個男生勾肩搭背排成一排走在艾爾的後面，時不時地逗弄著艾爾，沒有良心地嘻笑著。

沿著教師辦公室的走廊走著，一些午休結束，開門出來的老師，看到五人的樣子，紛紛搖著頭，表情複雜地看著他們離去的身影。

在經過一張巨大的儀容鏡前時，法斯洛毫無預兆地停了下來，這邊看看、那裡照照。勾肩搭背成一排的男孩們，也因為這樣而不得不停下來。不過他們已經習以為常，或手插腰、或手環胸地看著，口中時不時地催促：「快一點，金毛。再照下去，照妖鏡就要裂了。」

這時小畢突然大喊：「喂，你們看這裡，我想要去看看耶。艾爾，回來啦。」一直快步走在前方的艾爾，雖然一臉的不高興，不過他還是停下腳步，不耐煩地往回走。

順著小畢的手勢，所有人的目光都移到一旁布告欄正中央的宣傳單上，就連一直看著鏡中的法斯洛也不例外。

透過儀容境，可以看到四個男生入迷地看著宣傳單上的每一個字。不過站在外圍的艾爾卻失神地看著傳單中的一角，一直沒有移開目光。

「艾爾你去不去？」小畢回過頭問艾爾，不過看到艾爾不回應他後，小畢捶了艾爾地肩窩一下，「還在生氣喔，那種小事就算了啦。我們去看看好不好，順便找賽兒去啊。我聽一些人說，病人要多走走，病才會好得快。」

因為小畢的話語和動作，艾爾總算從失神中回過神來。不過他的目光還是沒有離開過宣傳單。

看著表現有些奇怪地艾爾，阿克關心地說道：「你還好嗎，艾爾？」

其他人也紛紛圍上來看著艾爾。

強迫自己將目光從宣傳單上移開，艾爾笑著說道：「去啊，怎麼不去？賽兒應該也會想去的。」

說完，艾爾一把將宣傳單從布告欄上撕掉後，率先離開。

其他人雖然疑惑，不過他們還是快步追上艾爾。阿克和法斯洛的手臂各自懶懶地壓在艾爾的肩膀上，小畢在後面推著，而來恩則靜靜地走在一旁。

五個男孩就這樣走上樓梯，向著教室的方向前進。

那張被艾爾握成一束的宣傳單，露出一個身穿怪異藍衣，戴著頭套的小個子。原本站在角落又不太起眼的他，因為胸前多出的那第三隻手而變得引人注目。

輕輕的一張紙，在艾爾手中卻如千萬鈞。從他緊握成拳的手看來，不難發現他激動的心情。雖然沒有看到怪蟲的臉，可是艾爾幾乎可以肯定是他。

宣傳單就被艾爾握在手中，不過被其他四人的身影擋住，所以人來人往的走廊上，沒有一人有幸看到這張宣傳單。

直到艾爾將它塞進自己的書包，暫時地被黑暗埋沒。

第十二章、賽兒的病

站在潔白的石階上，手握著在這炎熱夏天中有些冰涼的銅製門把，艾爾熟練地推門而入。

三年的生活，已經讓他對這棟房子的每一個角落熟悉無比。這樣的熟悉，快速的侵蝕那十幾年來在地下實驗室裡的記憶。如今，只剩下一些令他印象深刻的人、令他無法忘懷的事。片片斷斷的無法拼成一幅完整的圖。

高掛在天空的豔陽，賣力地散發她所有的熱情。相較實驗室中四季如春的氣溫，艾爾更加享受這樣充滿生命力的光照。儘管這讓他汗流不止。

白橡木做的大門隔絕了庭院中翡翠般的青草及百相爭豔的花朵，也隔絕了孩童們比金烏更加熱情的嬉笑。

踏入房內，如同進入另外一個世界般，清涼的空氣撲面而來。雖然空調下的涼意不如草原上的微風，不過艾爾還是貪婪而不自主的深吸了幾口空氣。悠長吐出的熱氣似乎快速地被室內的涼爽同化。隨著熱氣的呼出，還有艾爾在胸中準備多時的話語。

「我！回來了！啊！」

巨大的聲音，繞過家俱，傳遍屋子的每個角落。回應艾爾的，是一陣輕緩的腳步聲。

「回來就回來，每天都要叫那麼大聲。其他鄰居都在說了。」羅恩法微笑著責怪道。

「那是現在的隔音設備太差勁了，我都在懷疑廠商有沒有偷工減料。」艾爾一臉無所謂的說著，一邊從玄關旁拿起準備好的涼開水，大口大的喝著。

看著滿頭大汗的艾爾，羅恩法拿著毛巾用力的擦了艾爾的臉一下。不過艾爾馬上從羅恩法的手上搶過毛巾，嘴裡說著，「我自己來就好。」臉還微微的紅了一下。

羅恩法任由艾爾將毛巾搶走，只是笑笑地看著。「那是你出門的時候，門不關、窗戶也不關，叫那麼大聲，外面的人當然聽得到。」

聽到羅恩法說的話，正在喝水的艾爾，被這樣的回答嗆了一下，只能用幾聲乾笑聲遮掩自己的尷尬。

規矩地將用完的毛巾放在一旁收置髒衣的籃子裡，艾爾向客廳的方向走去。「道成今天回來吃晚飯嗎？已經很多天沒看到他了。」

「嗯，他剛才才打電話回來，警局裡的事情已經處理完了，今天會回來吃飯。」羅恩法開心的笑著說道。

拿起桌子上的報紙，「驚險！成功破獲人口販子！」的標題清晰的映入眼中。整整一個頁面的空間，都在報導這已經長達五個月的多次綁架案件。

其中一張照片裡，是警員的大合照。那個站在左邊偏中的嚴肅身影，一下就出現在艾爾的視野當中。

「道成就是這樣，遇見不平的事就衝第一個。那樣固執的個性也真只有妳受得了。一直跟他說保命要緊、保命要緊，他連敷衍我的表面功夫都不做，就只會衝第一個。更誇張的是，這五個月來只回家兩、三次，他連床都搬到警局了。」艾爾快速地瀏覽著報紙上的內容，隨意地說道。

過了很久都沒有聽到羅恩法地回應，艾爾疑惑地回頭看了一下。只見羅恩法緊盯著報紙——準確來說，是盯著合照中，道成挺拔的身影——眼中露出擔憂、苦惱，還有滿滿的愛。雖然緊咬著唇，不過從唇線看來，可以看到直白地堅定。

看到羅恩法露出這樣的表情，艾爾知道自己所說的言詞，勾起羅恩法最擔心的事，所以有些慌亂地轉移話題。「賽兒呢？等一下麗娜要來找她。」

從複雜的表情，變為單一而溫暖地微笑，羅恩法說道：「還在畫畫。」

「我去找她。」艾爾說完，拿起書包，快速地衝向樓梯。

一路上遇到桌子、椅子，他都不好好地繞過去，而是加快速度，一口氣跳躍而過。這樣的動作，引來羅恩法在背後有些氣急敗壞地呼喊聲。

衝到樓梯口時，艾爾還是不願按部就班地走好，三階、五階一跳，從一樓到二樓地距離，被艾爾用幾步地時間就走完了。

「賽兒，賽兒，賽兒。」艾爾一邊跑一邊叫喚。

在他衝到二樓最後一個房間的時候，賽兒推開門說道：「你有病啊，艾爾。每天這樣玩，你不累嗎？」

這時羅恩法也急沖沖地走來，一邊說道：「下一次再這樣跑，就不要吃飯了。」

聽到羅恩法的威脅，艾爾笑嘻嘻地不當一回事：「妳才捨不得。」

有些惱怒地在艾爾地頭上敲了一下後，羅恩法無奈地搖頭走開。

艾爾一直目送羅恩法走下樓梯，才拉著賽兒快速地走回房間。輕聲地關上房門，確定鎖緊之後，才放心地轉身。

房間內的架子上充滿著瓶瓶罐罐的顏料，一本本的繪畫書籍整齊地擺著，靠近窗戶的地方是一個看起來就知道經常使用的畫架。畫架上是一幅完成一半的圖畫，畫中白髮蒼蒼的女子用她潔白如玉的雙手捧著時鐘。

畫中的背景以一種扭曲的方式呈現，跟女子的靜靜站立形成一種不協調的感覺。未完成的部分，就是女子的臉龐。沒有五官的空白，讓這張畫多出了些許的詭異。

出現在艾爾眼前沾滿畫料的臉龐，似乎可以完美的嵌進畫中。

看著這張依舊圓滾，可是明明應該跟自己同齡卻已經三十五、六歲的臉龐，艾爾強迫自己不要露出其他的情緒，緊盯著賽兒的眼睛。

「妳每次都畫這樣詭異的畫，還賣出這麼高的價錢，真不知道那些買畫的人是不是腦子有問題。評畫的人也真夠怪的，竟然很喜歡妳的畫風。」艾爾沉默了一下，嘻嘻哈哈的說道。

「你想說什麼就直說吧，扭扭捏捏的，真不像話。還有，我的畫不是你這種沒有藝術天份的人可以看得懂的。」賽兒揮動手中的畫筆，在艾爾的臉上畫出一個又一個的叉叉。

鬥雞眼地看著停在自己鼻尖的畫筆，艾爾生氣地拍掉賽兒的手，不過沾水的顏料卻順著筆尖飛向艾爾的臉龐，這讓艾爾看起來更加的狼狽。

有些無奈地嘆了口氣後，艾爾緩慢的從書包中抽出那張在學校布告欄撕下的宣傳單。用力的攤了一下因為當時被握得發皺的紙張，雖然艾爾在收進書包的時候小心的夾在書中，不過顯然短時間裡無法讓紙張恢復平整。

賽兒快速地接過宣傳單，毫不在意它是否整齊，因為她此刻的注意已經完全被紙上的合照吸引了過去。就跟當初艾爾的反應一模一樣。

「是他嗎？」看到賽兒的反應，艾爾緊張的問道。就連他的聲音都出現細微的抖動。

賽兒沒有馬上回答艾爾的問題，而是將她的手放在那個身影上。食指搓動藍色身影的頭部，似乎希望能將那遮蓋面容的頭套搓掉。「我也不知道……你會去嗎？這個碰碰馬戲團？」

「去！為什麼不去！」艾爾想都沒有想，快速地回答道。

聽帶艾爾的回答，賽兒點了點頭，不發一語地將宣傳單小心地摺好，夾到一本已經脫頁的書裡。

闔上的書，正是在地下實驗室中，珍妮送給他們的那本天文書籍。破破爛爛的頁邊，是因為他們將當初被狂客博士撕得粉碎的書頁，一張一張的黏了回去。

雖然書已經有些殘破不堪了，不過賽兒還是將它放在桌上最醒目的位置，而且顯然它還經常被拿出來翻動。

「妳還記得怪蟲的樣子嗎，賽兒？」看著賽兒做完一切的動作，艾爾猶豫地開口問道。

先是疑惑的看了艾爾一眼，賽兒理所當然地說道：「記得啊，怎麼可能忘記。你問這要幹嘛？」

聽著賽兒地回答，艾爾將雙手摀住自己的臉。因為用力地擠壓，所以原本英俊的臉龐變得有些滑稽，尤其是額頭地部分，更是出現一條又一條地皺紋。

「我已經記不太清楚怪蟲的臉了，以前的事情我也不太想要想起來。回家的路上，我一直在想，如果我連怪蟲的臉都已經記得有些模糊，那我為什麼還要去找他。」放下雙手，艾爾掙扎著說道。

「你怎麼可以這樣想，艾爾？」快速而且急促的字句從賽兒的口中傳出。

艾爾不理會賽兒表現出來的樣子，用和剛才同樣緩慢的語調說著：「是不是因為他是我的第一個朋友，所以去找他只是為了……為了保全我心中的某樣東西？如果是這樣，我當初跟他接觸，是不是也只是想要找個同伴而已？是不是，從頭到尾，我都沒有將他當作我的朋友？」

賽兒緊張地抓住艾爾的手，力道大得幾乎讓艾爾的手臂有些變形。「不是這樣的，你只是想要忘掉那段時間罷了。因為狂客博士的關係……」

提到「狂客博士」，艾爾的身體明顯的抖了一下，不過賽兒強硬的說道：「因為狂客博士的關係，你是我們三個人裡受傷最深的。我是無所謂，反正他的眼中從來就沒有我。而你就不一樣了。所以，艾爾，不要這麼想。你自己回憶看看，跟怪蟲相處的時光，你覺得怎樣？只要你想，就一定可以想起來。」

儘管賽兒盡力的勸說，艾爾還是處於矛盾中。

看著艾爾的樣子，賽兒也不知道還要再說些什麼才有用。拍了拍艾爾的肩膀之後，賽兒轉身回去完成她的畫作。

艾爾一直看著賽兒在畫架前站定，當賽兒提筆的時候，艾爾突然說道：「今天我遇到麗娜，他說晚點會過來找妳。」

「喔。」賽兒的手只在一開始停頓了一下，當艾爾說完之後，她平淡的回應道。手中的筆沒有停下，畫中原本空白的臉龐已經出現粗略的五官了。

「妳難道又要避而不見嗎？還是又要戴著口罩、戴著帽子見她？當初妳在學校昏倒的時候，就是她背著妳到保健室的。還是她幫妳戴上口罩，沒有讓其他人看到妳的……

轉變。」艾爾上前抓住賽兒作畫的手，皺著眉頭說道。

這個時候已經不用艾爾抓住賽兒的手了，雖然那支畫筆仍然懸在半空中，不過賽兒的眼中已經沒有了繪畫的意願。

看著沉默不語的賽兒，艾爾擔心的說道：「自從出了實驗室之後，妳昏倒的頻率增加許多。每一次昏倒，妳的容貌都會有或大幅度、或小幅度的衰老。這是事實啊，雖然有些違背常理，不過妳看，已經知道的羅恩法和道成不是已經接受了嗎？那妳為什麼不願坦承的面對第一個看見這件事發生的麗娜？」

「你發明那個藥之後，我就沒有再昏倒過了。再說，現在衰老的速度已經大幅降低了。不用擔心啦。」賽兒牽強笑著。雖然回答了，不過卻逃避說出艾爾想要的答案。

「就是因為這樣才擔心。妳開始迴避人群，將自己埋沒在畫堆裡，我們都很擔心的。我再說一次，今天傍晚，麗娜會過來找妳。妳是決定依舊如此，還是走出來？就看妳了。」艾爾原本還有些急切的口吻到了後來變的冷硬許多。

將要說的話說完之後，艾爾轉身離開。就在艾爾的手快要碰到門把的時候，賽兒的聲音傳了過來。「我會試試的。」

聽到賽兒的回答，艾爾面對房門的嘴角露出絲絲的微笑。雖然賽兒沒有辦法看到艾爾的表情，不過從艾爾輕緩許多的腳步聲也能窺出一二。

在艾爾將門打開的時候，道成低沉的聲音適時的傳進房裡。

遮掩。

「我回來了。」雖然聲音中充滿了疲憊，不過回家的喜悅卻還是不能輕易的被勞苦遮掩。

「爸爸！」

「道成！」

艾爾快速地奪門而出，賽兒則不顧畫到一半的畫作，將畫筆一擱，衝了出去。兩人爭先恐後的跑向樓梯，不過卻在轉角的地方擠在一起。訓斥對方的話語圍繞在他們的周圍。很不協調的是，樓下傳來羅恩法和道成看著兩人爭鋒的笑聲。

賽兒房間的門在她離開的時候被隨手關上，房間內靜靜地擺著那幅未完成的畫。充滿扭曲感的背景讓畫中女孩的粗略五官變得猙獰許多，細細一看，似乎畫作正等著賽兒為她補上那點睛一筆。

第十三章、好戲開場

道成回來後的第一頓晚餐特別豐盛，期間又有麗娜的加入，所以氣氛更是活絡了許多。

除了賽兒在一開始見到麗娜時的不自在之外，晚餐時間可以說是十分美好。最後更是在賽兒答應麗娜的邀請，假日出門逛街後，畫下完美的句點。

從自己設下的牢籠中走出，勇敢的面對現狀。雖然不是要對全世界的人坦承自己的身體問題，不過能夠擁有一個可以安心分享祕密的同伴，是一件幸福的事。女兒解開心中的枷鎖，是羅恩法和道成最開心的事。

唯一有些悶悶不樂的，大概就是艾爾了。麗娜無私地將今天艾爾在學校的所作所為一字不漏地跟羅恩法他們分享，所以理所當然的，艾爾被狠狠的訓斥了一頓。

打打鬧鬧的過去了幾個小時，黑夜也完全降臨。從艾爾房間透出的光線，在今天提早了許多熄滅，不過在這個只剩月光及路燈的寂靜社區，沒有人發現這樣的變化。

這黑暗的房間裡，唯一明亮的就是一雙睜大的眼睛。本來應該睡眼迷濛甚至闔上眼皮，此時卻清明無比。

時間點點滴滴的過去，當周圍不再傳出聲響的時候，艾爾悄然的起身，輕手輕腳的打開窗戶，用已經準備好的繩子在床角綁緊。

身手敏捷地順著繩子爬下窗戶。

當艾爾的雙腳踏到花園的草皮上時，他快速而且毫不猶豫的離開小區。

因為不熟悉路況的原因，艾爾花了好一段時間才找到他廣告上的地點。

這是一片空曠的荒地，黃土一片間點綴著一小叢、一小叢的雜草，不過雜草的高度不超過人的膝蓋。

雖然這裡荒蕪，不過吹起的微風只能從地上捲起些微的沙塵，並不會對人的視線及呼吸造成任何影響。這片土地已經被踏得結實無比。

在這周圍是一些廢棄的大樓，因為土地規劃的關係，所以沒有任何居民居住在裡面。距離這裡最近的民宅有好幾十公里，所以在大聲的喧嘩也不會影響到居民的生活。

正是馬戲團建立的完美場所。

因為距離馬戲團表演開始還有好長的一段時間，所以這裡還是空曠一片。

艾爾站在這片寬廣的空地上默默的看著，任由夜晚的微風吹拂。在他離開的前一刻，他仰望頂上的天。今晚的天氣不是很好，所以沒有星星露臉。

從艾爾面無表情的臉上，看不出他此刻的心情。

順著來時的路回家，抵達的時間相較過去的時間縮短了許多。

距離天亮還有兩個多小時，艾爾快速的爬回二樓，將繩子仔細收好後，倒頭大睡。

接下的幾天，艾爾不斷重複著一樣的生活。一到晚上，就悄悄的離開家，前往馬戲團開始的地方。他查看的地方不再限於某處，而是向周圍擴展。

在表演開始前的一個禮拜，終於有人員陸陸續續的抵達。一座座的帳篷搭起，一個又一個鐵籠及器具被運送而來。

艾爾觀察的更為詳細了，就連周圍的破舊房屋及馬路都沒有放過。而且還要避免被馬戲團的人員發現他的存在，更加的小心謹慎是不可避免了。所以回到家的時間也越來越晚，睡眠的時間也縮減為二十到三十分鐘不等。為了避免其他人發現他的異樣，所以在出門前都會為自己打上一針他自製的提神藥，確保自己可以維持精神。

在學校，開始有人興致勃勃的討論起馬戲團的種種，各種的猜想及計劃佔據學生們大部分的下課時間，呼朋引伴的招呼聲更是隨處可聞，就連忙著準備聯考的高三生也同樣如此。

艾爾的臉上同樣掛著興奮的笑容，加入同伴們的討論中。沒有人會懷疑他不想前往觀看馬戲團表演，也沒有人看出他的不尋常。

一到放學的時間艾爾就藉由各式各樣的藉口將自己關在房間裡，因為謊話說得極為完美，所以羅恩法和道成都沒有起任何疑心。

賽兒也藉由外出寫生，或是跟麗娜逛街的理由出門，每天都到晚餐時間才回到家裡。雖然這跟她之前將自己關在房子裡的行為相差極大，不過羅恩法和道成高興都來不及了，又怎麼會阻攔賽兒。

重複的生活終於有了個盡頭。星期五的下午，是學生們最喜歡的一天。

隨著下課鈴聲的響起，三五成群的學生飛也似的奔跑出校門。開始西下的太陽，將天空染成一片漂亮的橘。

「今天的天氣是最適合出門的了。」小畢開心的說道。

學校裡的惹禍五人組一如往常地結伴走出校門，不過他們今天沒有討論下週要整哪個老師或同學，而是興致勃勃地望著天空。

萬里無雲的蒼穹此時更顯得遼闊，本來應該炎熱無比的夏天，卻在最近變得稍微涼爽。午後的暴雨，似乎也隨之遠去，不過卻留下宜人的微風。

「你們今天要去嗎？」在得到其他人一致的認可之後，小畢接著又問。

「廢話！這麼好玩的事情，怎麼能夠缺席。如果不是我媽攔著，明後天的表演我也想去。」法斯洛甩著他微長的金髮，開心中帶著一點遺憾地說道。

聽著法斯洛地抱怨，小畢深有同感地用力拍著他的背，一邊說道：「就是，要不然這個週末簡直就是完美了。」

「還是阿克和艾爾好。艾爾的成績就是完美，你想要去哪，你的爸媽都不會說什麼。阿克也是，你們那個孤兒院長也都對你們放任自然。」摸著被法斯洛狠揍一頓的頭，小畢羨慕的說著。

當他說完，一旁默默不語的萊恩又敲了他的頭一下。一邊扶著自己的眼鏡，挑著眉毛看著走在艾爾旁邊的阿克。

聽到小畢說的話，阿克也沒有生氣，只是淡淡地說道：「我倒是希望有人可以管管我……不過你說的也沒錯，這樣自由許多。」

聽著阿克的回答，小畢聳了聳肩後，五個人陷入一陣沉默，直到阿克對艾爾說道：「你明後天會去嗎？」

「看看吧，如果今天表演精彩的話，再說吧。」艾爾無所謂的回答道。

說話的期間，五人也走到公車站的地方。艾爾回家的公車正從遠方緩緩地駛來，伸手招了一下後，又加入其他人的討論之中。

在道別聲裡，艾爾坐上公車。選了個靠窗的角落位置，撐著頭，默默的看著窗外晴朗的天。

跟在學校的活躍相比，此時的艾爾沉默的可怕。

下車前禮貌性地跟司機打聲招呼後，艾爾緩步走回社區。

打開家裡的門後，一切都如同往常。同樣的招呼聲、同樣的擁抱、同樣的回到房間，一切都如此的尋常。

唯一不同的是，在艾爾將房間門關上沒有多久，賽兒馬上走了進來。

雖然賽兒走路的時候十分穩定，不過卻可以從她比平時稍快的腳步聲中聽出她心中的急切。

順手將門反鎖，賽兒走到艾爾的書桌前，看著艾爾在一張巨大的白紙前塗塗抹抹。

「東西都準備好了嗎？」艾爾頭也不回的問道，只是專注的在這張已經密密麻麻的紙上畫著。

「差不多了。不過你要求的車子實在不好找，只有找到一台稍微破舊的腳踏車……也停在你指定的位置了。」賽兒有些不放心的回答道，不過看到艾爾毫不擔心的表現，她也放鬆下來。隨意的坐在一邊的床上，將手中的小包包輕輕地放下，等著艾爾完成他這些天關在房間裡描繪的地圖。

小心地補上最後一筆，艾爾站起身來伸個懶腰，注視著賽兒旁邊的小包包。

「沒想到妳都還記得那天告訴妳的比例。」在感嘆中笑著對賽兒說道，艾爾小心的將包包中的煙霧彈拿了出來。

「印象太深刻了，想忘也忘不掉。」聽到艾爾的笑聲，賽兒同樣也笑了出來。

「應該不會又調錯比例了吧，我可不想被炸死。」艾爾說完，快速地向後閃過賽兒揮過來的拳頭。拿著逃離實驗室時的驚險當作玩笑，兩人就這麼打鬧著。

嘻笑了一陣子之後，賽兒嚴肅的問著艾爾：「你今天就會動手嗎？」

「不會，要動手也會最後一天才動手。今天就行動，不太容易避開其他人的視線。

聽說我們這附近的人都會過去，一不小心就會被認出來。我可不想給道成惹那些麻煩。」艾爾平靜地說道。

艾爾說話的同時，一邊走向自己的書桌，「過來看看，記清楚這些路線，不管發生什麼，都照著我說的路線離開。」

「你打算拋下我，自己行動？」賽兒驚怒地問道。

「這是最安全的方法。妳知道我的，只要小心一點，我一定不會有事。」艾爾說著這些蒼白的安慰詞語，不過他也不打算多說什麼，在隨意地安撫賽兒之後，指著桌上那張巨大的地圖開始說道。

賽兒明顯想要反駁，不過艾爾根本不理會，而是用更大的音量蓋過賽兒的抗議。無奈之下，賽兒只好閉上嘴巴，認真地聽著艾爾要求她記住的路線。

「剛才說的都沒有問題吧？」當艾爾將視線從地圖上移開時，問著站在身後不發一語的賽兒。

雖然從剛才到現在賽兒都擺出一副臭臉，不過她卻也一字不漏地記著艾爾說明的事項。聽到艾爾的詢問，賽兒「哼」的一聲，轉頭離開房間。

在出門之前，用力地將房門甩上。巨大的力道震得牆上的畫框微微晃動，不過艾爾絲毫不以為意。

看著緊閉的房門，艾爾輕聲地說道：「就讓我們等著好戲上場吧。」

當西下的太陽只留下一絲餘暉時，掛鐘的時針也正好指向七點。

將賽兒留下的包包隱密的藏在床底之後，艾爾推開門，走了出去。只看到賽兒已經斜倚在樓梯的扶手旁，等待著。

走下樓梯時，發現羅恩法和道成已經換好衣服準備出門了。兩個人都特地請了個假，就希望可以跟孩子多多相處。

「準備好了？」道成問道。他的語氣中帶著難得的笑意，卸下警察的制服後，他是一個好爸爸。

搭著道成的車，經過停在路邊的一台破爛腳踏車時，艾爾的視線短短的停留了一下。跟前幾天騎著那台從廢鐵廠撿回來改裝之後的破爛腳踏車相比，搭著汽車輕鬆了許多、也快速了許多。

四十分鐘的路程，道成只花了一半的時間就到達了目的地。

從原本的空曠無比到現在的光華亮麗，一座可以容納數千人的巨大帳篷出現在他們的眼前。巨大帳篷的周圍圍繞著幾個稍微嬌小的帳篷，出入口的地方掛著「工作人員使用」的告示牌。

順著擁擠的人流走向他們的目的地，幾乎不用自己行走，後方的人們就會推著前方的人向前。短短的一段距離，雖然有一些馬戲團的人指揮著，不過還是花了些時間才進到帳篷裡。

帳篷中已經坐著許多人，不過相較於這巨大的帳篷來說，這些人的入座只能用稀稀落落來形容，或許是艾爾他們來得早了吧。

挑了個靠前的好位置，當艾爾他們準坐下的時候，一個開心地招呼聲喚住艾爾，「艾爾，你們也這麼早就到了啊。」

順著聲音的來源看去，發現搗蛋五人組的另外四人正結伴走了過來，跟在他們旁邊的似乎是他們的家人。

「艾爾，我們家洛迪經常麻煩你照顧了。還是多虧你的幫忙，要不然還不知道他的功課會爛到什麼樣的地步。」站在法斯洛旁的一個英俊男人對著艾爾說道。

其他的家長也紛紛跟道成和羅恩法寒暄了起來。趁著他們聊天的時候，艾爾拉著賽兒坐到法斯洛他們的旁邊。

這時形成了一個有趣的現象，家長們坐一堆，同伴們坐在一起。

「小艾，你還真是人緣好。連我爸、媽都對你讚不絕口。」小畢吊兒啷噹的開口。聽起來像是讚美，不過那種陰陽怪氣的語調讓人很想揍他一頓。

「是嗎，」艾爾轉頭看像那群大人，隨意地回應道，「說不定他們心中都在說，『都是這小子，帶著我的兒子一天到晚闖禍。害得老娘還要幫他們擦屁股。』」

「胡說，我媽他們很斯文的。」法斯洛激動地說道。

聽著艾爾和法斯洛鬥嘴，其他人都不由自主地笑了出來。不過這些笑聲在已經坐滿一半的帳篷中，顯得格外微弱。

「賽兒，妳的身體好些了嗎？」阿克看向戴著口罩的賽兒。

聽到阿克的詢問，雖然口罩遮住了賽兒一半的臉，不過她眼中的笑意卻顯而易見，

「還可以吧，沒有什麼大礙。」

說說笑笑之間，帳篷裡的座位不知道什麼時候已經坐滿了人。

出入口的的方突然降下布簾，「嘩嘩」的聲響蓋過了人群中「嗡嗡」說話聲，而且也成功地吸引了所有人的注意。

當人們滿懷期待地等待時，帳篷裡陷入一片黑暗。微微的嘈雜聲開始傳出，好在人群卻沒有出現慌亂。

此時，原本黑暗的中央空地上，出現點點的藍光。從一個變成兩個，再到無數個，甚至瀰漫了整個觀眾席。

藍色的光點也不再單調，開始出現其它的色彩，五彩繽紛地盡情綻放。

看似雜亂無章的光點開始移動，漸漸地組合成天上的星座。在沒有配樂的情境中，演繹了一場活潑的童話。

當所有的光點完全停止，一聲巨響似乎從眾人的耳邊爆開。受到驚嚇的同時，四周也恢復光明，就好像那些光點從來都沒有出現似的。

而原本空無一人的空地上，出現一個穿著華麗而誇張的人站在那邊。紫色的條紋衣

服讓他原本矮小的身體看起來高大許多，巨大的帽子遮住他的臉。

他也沒有打算隱藏自己的面容，戲劇性而緩慢地抬起了頭。

這是一張充滿喜感的臉，微胖的臉龐溢滿的笑意，跟他那身大紫色的服裝形成強烈的衝擊。

「大家……碰碰地我來了……就如同我等一下會碰碰地走。」他說話的聲音很是奇怪，每一字、每一句都是用氣音說出，而且還帶著「喀喀」的聲響，不過因為有麥克風的幫助，他的聲音很清楚的傳進每一個人的耳中。當他嚴肅地說出這句話的時候，所以人都愣了一下，不過當他露出滿嘴的金牙之後，開始有人發出輕微的笑聲。

「不過在我離開之前，我還是要介紹我自己一下。我叫碰碰，是這個碰碰馬戲團的團長，歡迎你們。」說完之後，他想要對觀眾鞠躬。不過他凸出的肚子似乎不允許他這麼做，所以他用兩手壓住自己的肚子，艱難的彎下腰。

這樣的動作為他贏來更多的笑聲。

當他起身的時候，那張充滿喜感的臉龐露出滿意的笑容，大聲地說道：「好戲開場。」

如潮的掌聲響起，伴隨著碰碰緩緩離開的背影，帳棚裡的光漸漸地暗了下來。

這時候，一個巨大的人緩緩的走了出來。不過當人們看清楚之後，發現那個身高三米多的巨人，腳下還有兩個不足一米的小人。

巨人沒有自己行走，而是那兩個小人拖著巨人前進，就好像他們就是巨人的兩條腿。

當這樣怪異的組合出場時，開始有人發出驚嘆的聲音。對人類可以長得如此高大而驚訝、對小小的身體中藏有巨大的力量而驚訝，總之這些驚嘆聲毫不吝嗇地響起。

更讓人驚訝的是，原本沒有絲毫動作的巨人開始動了起來。他抬起左腳，用力地向上一跳，在空中翻滾著。沒有人可以料想到，如此巨大的身體可以這麼靈活。

當他落下來的時候，開始有人發出驚呼，因為那兩個小小的人就在巨人的正下方。不過那些人的驚呼聲是多餘的，因為他們兩人穩穩地接住巨人的身體。

看著這樣另類的啦啦隊表演，坐在艾爾旁邊的幾人激動的臉頰發紅，小畢甚至站起來尖叫。他這樣誇張的舉動並沒有引來過多的注目，因為也有許多人同樣站了起來。

一旁的賽兒也握緊拳頭，不知道是因為緊張他們的安全，還是期待接下來的表演。只有艾爾默默的坐在旁邊，在觀看表演的同時注意著周圍。不過他時不時響起的掌聲，讓其他人看不出他的不同。

接下來，巨人做出各式各樣的動作，兩個小人就像巨人身體的一部份，雙方配合的十分完美。

當他們離場的時候，所有人如同他們進場時所發出的驚呼一樣，毫不吝嗇地送出掌聲。

「啊啊啊！」在巨人他們離場之後，接著傳出一聲聲的怪叫聲。

只見到一個長相如同狐狸的男子跳著舞走了出來，他晃晃蕩蕩的走路姿勢像是喝醉了酒，「大家好啊，我出來啊，歡迎我啊。」

聽到這樣說話的方式，艾爾不由得伸直腰部，瞇著眼睛看去。

「我們碰碰馬戲團找的人都是有特異才能的啊。當然，我也不例外啊。」狐狸臉的男人自豪地說道。

「你的特異才能是什麼啊？是說話啊？我說的對啊？」就在狐狸臉的男人說完之後，坐在艾爾旁邊的小畢站起來大聲地說道。

這個來自觀眾席的突兀聲音引起了所有人的注意。

當其他人發現是一個男孩說話時，觀眾們爆發出一陣善意的笑聲。不過狐狸臉的男人一臉嚴肅的說道：「對啊，你怎麼知道啊。」

當下，小畢就這樣跟台下的表演者對起話來。

笑聲越來越大，尷尬的讓艾爾他們轉過頭，裝作跟小畢不認識的樣子。小畢的爸媽倒是無奈的捂著額頭。

直到一旁的表演者出場區傳來一聲重重的咳嗽聲之後，才打斷這場談話。

「兄弟啊，我們待會再聊啊。」狐狸臉無奈地對小畢說道，還一臉意猶未盡的樣子。

說完之後，他從一旁的桌子上拿起一個玻璃杯。帶著玻璃杯繞著觀眾緩緩的走一圈，確定玻璃杯正常之後，他用力地將玻璃向上一丟。

就當眾人疑惑地看向他時，他張大嘴巴，發出人們聽不到的聲音。被丟上半空的杯子，在狐狸臉張嘴的下一瞬間，碎成一片片的碎片。

當玻璃片掉到地上發出「嘩嘩」的聲響時，觀眾才傳出熱烈的掌聲。

接下來的表演一場比一場精彩，都沒有出現冷場的情形。

直到觀眾席的一角傳來一陣騷亂時，才將專注於表演的觀眾吸引過去。

一個身穿藍袍，戴著面具地瘦弱身影拖著餐盤行走在觀眾之間。他單手拿著用杯子疊成三米高的倒金字塔固然吸引目光，不過更多人將他們的視線放在他胸前的第三隻手上。

看到這個身影，艾爾和賽兒不由自主地站起來。

「很怪，對吧。」跟著一同站起的法斯洛說道。

「對，是很怪。」艾爾說完之後，抓著賽兒握緊地拳頭緩緩地坐了下來。

他接過他們這區負責販賣飲料的怪人遞來的飲料後，轉頭看著表演。

手握著賽兒開始顫抖的手掌，艾爾一臉平靜地喝著飲料。只有眼角的餘光撇向那個藍色的身影，直到他的背影緩緩地消失在馬戲團表演人員的準備區中。

艾爾用力鼓掌著，此時地表演正好結束，將氣氛推向另一個高潮。他的手心因為太過用力而開始發紅，不過他的掌聲卻只是觀眾歡叫的一小部分。

艾爾用力地鼓掌著。

第十四章、失手

精彩的表演一直到深夜才結束。儘管過了睡眠時間許久，離場的人們卻沒有一個露出疲倦的表情，只有興致勃勃地談論。

第一天前來觀看表演的人，幾乎都是同一個社區或周邊不遠處的住戶，所以談論的趨勢並不侷限在陪伴的親友之間。

第二天開始出現來自其它地區的人們。艾爾這次帶著賽兒前來，在進場的時候遇見阿克和萊恩，另外兩人倒是沒有出現。不過艾爾本來就沒有打算在今天動手，所以他也跟著他們說說笑笑地觀看表演。

這一次的表演跟前一天完全沒有重複，不過精彩的程度卻是相當。所以已經觀看過的人們，都覺得十分值得。甚至還有人提議，最後一天的表演他也會前來。

在表演結束之前，賽兒就已經靠在艾爾的肩頭上睡著了。最後還是艾爾揹著賽兒，搭車回到家裡。

安頓好熟睡的賽兒之後，儘管些許的倦意陣陣地襲上艾爾的眼皮，不過他還是強撐著將收在床底深處的包包拿出來，確定裡面的煙霧彈及其他明天必須用品完好無缺後，艾爾才緩緩地躺下。

奇怪的是，剛才還有些疲倦的身體，在躺上床後卻沒辦法馬上入睡。在床上翻轉一陣後，艾爾看著床頭窗外的月亮。感受著銀紗透窗而過的朦朧，眼皮在這一刻緩緩闔上。

星期天，夏蟬開始奮力的鳴叫，似乎想要補償牠們前兩天的懈怠。豔陽也開始露出崢嶸，一改之前好好先生的派頭。

透過窗，可以看到孩童們不畏炎熱的活力，開心的叫喊聲跟著蟬鳴此起彼伏。艾爾看著一群男孩從他的眼前經過，視線緩緩的轉回桌上的地圖。

從今天早上起來，他就將自己關在房間裡。往常的平靜雖然被極力的表現出來，不過艾爾卻從沒有這麼不自信的過。

淡淡的焦慮氣氛瀰漫整個房間，不過因為房門的阻擋，沒有外露一絲。

好不容易熬到太陽西下，艾爾緩緩的推開門。處在對面的賽兒，這時候也同時出現。

「妳今天不要去了，賽兒。我一個人就可以搞定。」艾爾對頂著兩個黑眼圈的賽兒說道。

「之前不是說好了嗎？我不會礙手礙腳的，只是想要確定你們兩個都平安無事。再說了，你要我記得的那些路線，我已經全部記在心中了。」賽兒堅定地說道。

微微嘆了口氣後，艾爾走下樓。羅恩法已經將晚餐準備好了，此時正擺著餐具。

「都這麼累了，今天就不要再去馬戲團了吧。兩天的表演，應該就足夠了。又不是以後沒有機會再看到這樣的表演。」羅恩法看著有些疲憊的艾爾，再看到賽兒那兩個大大的黑眼圈時，更是嚇了一跳。說到最後，甚至加強著語氣。

「接下來就要準備大學考試了，所以趁現在有機會，就好好放鬆一下。賽兒跟我去看看也不錯，她才跟我說過，看完那些表演，湧現很多靈感。」艾爾一邊說著，一邊抓起一小塊肉往嘴巴裡塞。

艾爾的堅持換來羅恩法的投降，無奈的搖了搖頭後，羅恩法拍掉艾爾抓菜的手。碰碰馬戲團的最後一天表演，提早了許多。不過表演時間並沒有延長，而是跟前兩天一樣。

今天道成去了警局，所以艾爾必須早一點搭上公車，才能選個好位置。

雖然離開場還有一段時間，不過容納千人的座位已經坐滿了一半的人。經過那些看過表演的人的宣傳，超乎想像的人數湧現在這裡。

艾爾選定了一個靠後的位置坐著，小心地抱著那個包包。因為他的位置偏高，所以可以很清楚的看清全場。

從包包中拿出一個煙霧彈遞給賽兒，賽兒沒有馬上接過，而是疑惑的看著艾爾。

「拿著，以備不時之需。這樣我也比較放心一些。」艾爾認真地說道。

賽兒默默地接過，放進她隨身的手提包中，學著艾爾的樣子，將包包抱在胸前。一切的動作都十分小心，在這個混亂的環境中也沒有人注意到他們的小動作。

同樣的開場，不同的演出。不知道是不是最後一天表演的關係，馬戲團的人員都更加奮力的表演，儘管他們的臉上是濃妝都遮掩不住的疲累。

「記住，如果發生意外，妳就盡量製造騷亂。這麼多的人數，提供我們很好的機會。」當表演進行到一半的時候，艾爾附耳對賽兒說道。

這個時候正表演到火繩舞，為了效果的彰顯，燈光已經被調得微暗。

艾爾緊緊地盯著表演人員出場的區域。經過兩天下來的觀察，已經可以確定飲料的販賣都是在這個時候進行。而且餐點的提供也就只有一次，所以怪蟲只會在這個時候出現。

就如同預測一般，藍色的身影如期出現。他手中的杯子不再疊成倒三角形，而是變化為一個巨人的模樣。

從他出現的那一剎那，艾爾的眼睛就沒有離開過他。那怕底下的表演有多麼精彩，艾爾都不為所動。

藍色身影手中的杯子越來越少，直到最後一杯飲料遞到觀眾手中後，艾爾也站了起來。

賽兒抬頭看了艾爾的身影一眼，只看到艾爾同樣看著她。沒有任何言語，艾爾拍了拍賽兒的肩膀後轉身離去。在艾爾轉身之前，賽兒給了艾爾一個可以遮住半張臉龐的口罩還有一頂大帽子。

在艾爾離開的同時，賽兒也向前移動。她這樣的舉動並不會太過突兀，一些坐在後面的觀眾也向前靠近，儘管只能站在走道上。誰讓表演太過精彩了。

緩緩的走離出口，確定沒有人注意之後，艾爾向旁邊稍小的一頂帳篷走去。

陣陣的聲響從裡面傳來，不過並沒有人們的交談聲。

艾爾走過一頂又一頂的帳篷，終於在最外圍的地方看到一件藍色的連身衣掛在架子上。

伸手摸了衣服，發現還存有一絲絲的溫熱，再看看衣服胸口的位置多出一節袖口後，艾爾終於可以確定他的目標就在裡面。

不過艾爾並沒有馬上闖進帳篷中，而是附耳過去，仔細地聽著裡面的動靜。

除了一絲瑣碎的聲音之外，再也沒有其它有價值的消息。艾爾從包包中拿出一把鋒利的小刀，輕輕地在這頂稍微陳舊的帳篷上劃了一小洞口。

鵝黃色的光芒在這片黑暗中格外引人注目，不過這個時候沒有任何人在這裡遊蕩，所以也不用擔心被其他人發現。

艾爾將眼睛湊上前，透過帳篷上的小洞，看見裡面的一動一靜。

帳篷中只有一個人，不過他正在換衣服的身體正背對著艾爾，根本看不見他的臉孔。

耐著性子等待的同時，艾爾也高高豎起耳朵，時刻的注意自己周遭的動靜。

裡面的人在將衣服胡亂地套在自己身上之後，緩緩地轉了過來。

看見那張削瘦的臉龐，艾爾震驚地說不出話來。壓著帳篷布的手不由自主地向下動，發出「唰」的聲音，嚇到自己的同時，也被帳棚裡的人發現。

「誰？」帳棚裡的人機警地說著，手上拿起一根木棍，緩緩的走了出來。

他有一張被利器劃花的臉，營養不良的臉上盡是枯黃。瘦弱的身體只有皮包著骨，不過肚子卻明顯的凸出。

「怪蟲？」看著拿起木棍站在自己面前的人，艾爾小心翼翼的問道，一邊將口罩和帽子拿下。

隨著木棍掉落的還有眼淚，看著沒有任何言語回應的眼前人，艾爾再次說道：「怪蟲。」這次的語氣就肯定許多。

「艾爾。」怪蟲哽咽地叫著艾爾的名字後，緊緊地抱住艾爾。不過這樣的擁抱沒有維持多久，怪蟲緊張地四處張望了一下，趕緊抓住艾爾的手，將他拉向帳篷。

將帳篷的布簾拉下並緊緊的扣住之後，怪蟲高興地看著艾爾，他的眼中充斥著難以置信的光彩。

「你怎麼會來？你怎麼知道？你過得好嗎？賽兒呢？」怪蟲消瘦而矮小的身影顫抖地站在艾爾面前，也不管他的身高跟艾爾有多大的差距，就算吃力也用雙手緊握住艾爾的肩膀。

聽著怪蟲因為興奮而語無倫次的話語、感受著被怪蟲消瘦的手握得發疼的肩膀，艾爾神色複雜的看著他。

跟怪蟲相比，他這三年來實在過得太好了。沒有挨過餓、沒有受過凍、周遭也處處是家的溫暖。在這一刻，艾爾突然有些掙扎及慚愧。

「我們快走吧。」傳出聲音之後，艾爾才發現自己的聲音是如此的冷漠，對於怪蟲期待得到回答問題，他一蓋不予理會。

說完之後，艾爾率先向外走去。

對於艾爾的行為，怪蟲雖然覺得有些疑惑，不過他還是緊緊地跟上。

事情進行得如此順利，雖然出乎艾爾的預料，不過他還是小心謹慎的行動。出了帳篷，艾爾先仔細的觀察四周，確定沒有人在附近之後，他揮了揮手示意怪蟲跟上。

走在這帳篷林立的地方，聽著每一個帳篷不時傳來的聲音，兩人都放輕腳步。在一片黑暗之中實在是行走不易，不過艾爾根本不敢開燈。一點點的光亮，都會是這夜空下醒目的目標。

營區很大，又因為要不時地繞過一些帳棚及箱子，所以行走的距離被拖得很長。兩人從剛才出了帳篷之後就沒有一句交談，有不想引起意外的原因在裡面，說不定也有艾爾此時不太願意面對怪蟲的因素在其中。

要從怪蟲所待的帳篷走出營地，只有一條路可以走，就是經過那頂巨大的表演帳棚旁邊。

本來要待在裡面主持的碰碰不知道什麼時候站在了艾爾他們必經的路上。憑藉著良好的視力，艾爾快一步拉著怪蟲躲進一旁的箱子後面，不過碰碰卻在這時將他頭上的紫色帽子脫了下來，輕聲地說道：「怪蟲啊，三年來你多次想要逃跑，不過沒有一次成功。這次竟然還有人幫助你，可真是讓我意外。看來上一次的懲罰並沒有讓你學乖。」

一旁就是嘈雜的表演場地，不過因為隔著一層帳篷布，所以大部分的聲音都被阻攔了下來。雖然碰碰的聲音沒有很大，不過卻順著風，清楚的傳進躲在箱子後面的兩人耳中。

聽到碰碰用那溫柔的嗓音說話，站在艾爾旁邊的怪蟲明顯地瑟縮了一下，手不由自主的摸著自己臉上一條條的疤痕。

感受到怪蟲的異常，艾爾轉過頭去，第一眼就發現怪蟲摸臉的動作。

看著怪蟲驚懼的表情及快速顫抖的身體，艾爾的牙齒用力的咬緊。奇怪的是，他看向怪蟲的眼神更加冰冷。

怪蟲正求助的看向艾爾，發現艾爾那冷漠無比的目光時，原本好不容易止住的淚水再次湧現。在這夜晚中，珠線般的晶瑩順著怪蟲臉上的溝壑一滴滴的滑落。

艾爾的手握得「喀喀」作響，不過他的臉上卻沒有露出絲毫。平靜的走了出來，跟碰碰面對面的相望著。

「啊呀，這不是我們尊貴的客人嗎？怎麼當起了小賊呢？」看著艾爾徑直走出的身影，碰碰陰陽怪氣的問道。

艾爾的眉頭微微地挑了一下，在走到可以清楚看見對方表情的距離後停了下來。這個時候，怪蟲也緩緩地走了出來，甚至還走到艾爾身前半步的距離才緩緩站定。

看著眼前瘦弱的身影，艾爾的眼睛微微的閃了一下，不過接著又觀察起四周。在仔細的觀察之下，發現一些陰暗的角落正站著一些身影，不過他們躲藏得極好，不仔細看的話，根本就發現不了。

看著自己被重重圍住，艾爾的表情有些沉重。

他開始將所以的注意力集中在最直接的威脅上面，碰碰手中的銀色槍管。

「這樣的躲藏遊戲我已經玩膩了，既然你這麼不喜歡這裡，我又不希望你將今天的事到處說出去。所以啦，下地獄去吧，怪蟲。」看到自己的話沒有回應，碰碰無所謂的對怪蟲說道。

話語聲才剛落下，他手中的槍迅速的舉了起來，一到瞄準定位的同時也扣下了板機。

碰碰的舉動迅速而且突兀，不過艾爾在他開始動作的時候就將怪蟲拉離原來的位置。

兩聲槍響之後，原本怪蟲站的地方多出了兩個冒煙的孔洞。

槍聲就像訊號一般，原本還潛藏在陰暗處的人紛紛現身，形成一個圓圈緩緩地將艾爾他們包圍。

「反應真是不錯啊，小夥子。」碰碰輕聲地笑道。

艾爾沒有理會碰碰嘲諷似的言語，舉目望向四周。雖然圍過來的人們還有一段距離，不過想要逃出去卻也不是一件簡單的事。一個不小心，說不定就會在身上留下幾個洞口。

看著包圍圈越來越小，艾爾也知道自己沒有太多的時間猶豫。用力的將之前從鐵籠上拆下的鐵棍狠狠地甩向離自己最近的人之後，艾爾拉著怪蟲向反方向跑去。

一時之間，槍響大作。原本他們站立的地方冒出縷縷的輕煙，接著所有的槍手向著艾爾丟擲鐵棍的方向瞄準。

艾爾原先的舉動很成功地吸引了所有人的注意，當人們發現自己上當之後，艾爾已經拉著怪蟲在他們調整準星之前用力向前飛撲。

強力的撞擊力道撞倒了艾爾前方的人，只要快速地躲進箱子，就可以順著一條線的方向逃離馬戲團。

不過怪蟲因為長期饑餓的關係，雙腿已經沒有如此的爆發力了。雖然他還是向前奮力地撲跳，不過還是沒有跳出包圍圈。

已經站起身，準備向前衝刺的艾爾，發現怪蟲再次陷入困境之後，收回他往前踏出的腳步，毫不猶豫地甩出握在他手中的煙霧彈。

漆黑的煙霧將原本就漆黑的夜包裝得更加深沉，也因為如此，原本向前追擊的眾人紛紛停下腳步。嗆鼻的氣味刺激著怪蟲留下鼻涕還有淚水，早先在賽兒準備彈藥的時候，就稍微加入一些催淚的藥物。

戴著厚重口罩的艾爾雖然也聞到一絲難聞的氣味，卻很大程度地避免流下難堪的淚水。

奮力的將怪蟲揹到背後，艾爾快速的向前方跑去。

「等一下，艾爾。」趴在艾爾背上的怪蟲急聲說道。

不過在這樣危急的情況之下，艾爾連回話的時間都沒有留給怪蟲，咬著牙衝出黑霧。當兩人身影一顯露出來後，一點寒星飛速的襲來。

利物劃過空氣的聲音伴隨著一絲香甜的氣味出現在艾爾的面前，除了炸開的寒毛之外，艾爾根本來不及做出任何反應。

就在那支在眼前無限放大的箭矢快要跟身體接觸的時候，原本摟著艾爾脖子的怪蟲，用跟他身形完全不相符的巨大力氣，狠狠地對著艾爾的肩膀向下一壓。

突如其來的力量讓艾爾向前衝的身體瞬時之間失去了平衡，也因為這個力量向下撲倒。下巴及臉頰都跟地上的碎石來了一個親密的接觸，鮮紅色的血液在這黑暗之中綻放。

身體的疼痛似乎沒有對艾爾造成影響，他根本不顧自己滿是鮮血的臉龐。快速的扭頭一看，從一開始見到怪蟲的冷淡眼神終於出現驚懼、祈求的色彩。放大的瞳孔，就這麼直勾勾的盯著怪蟲。

準確來說，是看著怪蟲胸前那支爆開的雙手，還有被箭矢貫穿的胸膛。

香甜的氣味再次瀰漫。不知道是因為距離近的關係，還是因為有著鮮血的混合，味道正濃濃的瀰漫在空氣之中。讓人不由自主地想要深吸幾口，扭曲的爽快感在這一瞬間襲向每一個聞到氣味的人。

怪蟲張開的口也有著不斷湧出的鮮血，應該已經虛弱無比的人，此時卻神采煥發的望著艾爾。

扭曲的嘴唇此時被硬擠成一個向上的弧，紅色的顏料搭著深紫色的背景，生動的畫成一幅淒婉的笑顏。

第十五章、道成正義

看著眼前正逐漸失去生機的臉龐，艾爾不斷拍打著怪蟲的臉頰，驚慌地想要挽回他的生命。

當那一絲香甜再次傳入艾爾的鼻中時，他快速地再次丟出一顆煙霧彈，目標正是自己的腳下。

灼熱的氣流隨著煙霧彈的爆裂席捲而來，為了減少怪蟲的痛苦，艾爾用他的背穩穩的擋在怪蟲旁邊。原本因為奔跑時被汗水打溼的衣服，瞬間被熱氣蒸得乾燥無比。

強烈的刺鼻氣味嗆的怪蟲眼淚直流，不過為了所剩不多的生命能夠延長，這樣的痛苦實在不算什麼。

當煙霧開始瀰漫，躲在遠方的狙擊手緩緩地收回將要扣下板機的手指，不過兩眼並沒有從準星上離開。

無論如何，艾爾和怪蟲起碼得到短暫的安全。

「艾爾，不要傷心，能夠像這樣已經讓我很開心了。」怪蟲艱難的張開嘴，虛弱的音符從他紫黑色的嘴唇邊傳出。

艾爾停下拍打怪蟲臉頰的手，緊握著怪蟲的雙手，不斷地搖著頭。眼淚開始在他發紅的眼眶邊打轉，不過因為濃霧瀰漫的關係，也無法看得很清楚。

怪蟲的視線開始模糊，可是他卻斷斷續續地說著：「這樣的命運我已經很清楚了，在進入馬戲團的時候，我受過一段時間的訓練。不過你知道的，我這人笨手笨腳，什麼樣的把戲都學不會。」

說到這裡，怪蟲的嘴邊再次湧現出大量的鮮血。艾爾急忙用自己的衣袖將血擦掉，好聽清楚怪蟲說的話。

「只能做雜工的我們，浪費許多糧食，這是碰碰他們說的。所以一些跟我一樣的雜工，只要無法工作，都會被他們除掉。誰叫我們知道他們太多為非作歹的事情。不過我已經很幸運了，許多的人直到老死，都沒有辦法再見到他們的親人一面……我很開心了……艾爾……」怪蟲說著說著，原本緊握著艾爾的手緩緩地放鬆，最終無力地跌落在地上，拍起一小片灰塵。雙眼張地很大，沒有生命精彩的眼珠緊緊地看著艾爾的眼睛。

抱著怪蟲的身體，艾爾的眼淚終於無法克制地掉落下來，不斷地滴在怪蟲張大的眼睛裡。

僵硬的身體微微地顫抖著，艾爾咬著自己的唇，一滴滴的鮮血不斷滑落。沒有任何聲音從艾爾地嘴邊發出，不過他一抽一搐的背影好像傳出一聲聲的嗚咽聲。

圍繞在四周地黑霧已經散開，艾爾的面前正有一群人圍了過來。不過他們卻顯得極為狼狽，煙霧彈爆炸時讓他們的身上多出許多傷口，催淚的氣體也讓他們的臉上掛滿淚珠和鼻涕。

手中的槍械已經換成棍棒，或許是因為高溫的關係使得那些手槍接近報廢，除了個別手持弓弩的人之外，其他人對艾爾幾乎沒有威脅性。

站在稍遠的碰碰因為離煙霧彈爆炸還有一段距離，所以沒有受到任何傷害。不過他的臉色卻極為難看，直到看到怪蟲的屍體正靜靜地躺在艾爾的懷中，他才放聲大笑。

他旁邊原本不存在的獅子也隨著碰碰的笑聲張口咆嘯。動物之王張狂的咆嘯傳得極遠，也讓艾爾悲傷的眼神微微凝重。

在這黑夜之中，金黃色的獅毛是如此的清晰。原本應該表演跳火圈的獅子，此時正微伏著身體，瞇著銳利的眼神盯住艾爾。

從旁邊帳篷透出的微光可以隱約看到獅子緊繃有力的肌肉，可以毫不懷疑的說，只要獅子輕輕一蹬就可以輕鬆到達艾爾的面前。

「小夥子，現在你有兩個選擇，加入我們，或者跟著怪蟲一起離開。」碰碰嘶啞著聲音說道。

艾爾冷漠地瞪著碰碰，輕蔑的朝地上吐了一口口水。

看著艾爾無禮的行為，碰碰殘忍的笑了起來。原本可以逗得觀眾哈哈大笑的親和不見了，只剩下夜梟般刺耳的笑聲。

「可惜了，多麼英俊的臉龐，如果可以進入我們馬戲團，將會為我們招引多少女性客源，說不定也會有些男人為你而來，可惜了。」碰碰溫柔說著，不過他那種喪心病狂的表情，讓看著的人不寒而慄。

艾爾憤怒地向前衝，拿著棍棒的人們紛紛的圍了過來。同時，已經蓄勢待發的獅子飛速的奔跑了起來，短短的一段距離眨眼而過。

在與人群不到幾步的距離之前，艾爾猛然加速。一把抓下迎面而來的木棍，順勢握住那人的手，帶動著身體半轉一圈，狠狠地將朝著自己擊來的人拋了出去。

巨大的力量讓被艾爾丟出的人狠狠地撞上一旁的夥伴，東倒西歪之下，手中的武器也不能好好地控制，誤傷了不少人。

雖然還有一些人緊張的圍上，不過艾爾的心神已經專注在漸漸靠近的獅子身上了。張大的嘴顯示著動物之王渴望撕裂生肉的慾望，尖利的獠牙證明牠具備這樣的能力。伏得更低的身子並沒有因為對手是一個人類就放鬆警惕。對待獵物，牠一直全力以赴。

非常突兀的一瞬，艾爾感覺到自己的腳被用力地抓住。原本倒地不起的人，放下他手中的木棍，改而抓住艾爾的腳踝。

外力的羈絆讓艾爾微微的分心，行動也不是那麼自如。

就衝著這一瞬間，獅子暴吼一聲飛撲而來。刺鼻難聞的血腥氣味從牠的嘴巴傳出，不過獅子潔白的獠牙顯示著有人經常為牠刷洗。血與白的搭配，蠻橫地暴露在艾爾的眼前。

面對萬獸之王的撲擊，艾爾靜靜的看著。在獅子身後的碰碰張狂的大笑，似乎已經在為艾爾血肉模糊提前慶祝了。

看著獅子離自己越來越近，艾爾用力的一腳踩住抓著自己腳踝的手。骨頭的碎裂聲被獅子的咆嘯聲遮掩而下，不過那陣淒厲的哭喊卻如此明顯。冷漠的撇下滿地打滾的人，艾爾迅速無比的蹲了下來。將自己的臉暴露在獅子柔軟的腹下，當時機一到，猛力的用肩膀撞擊獅子。

原本對獵物沒有一撲而中的獅子微微的停滯，緊接而來的是一陣強烈的撞擊從腹部傳來。反射一般，強而有力的後腳胡亂的飛蹬，尖利的爪子劃過艾爾的肩膀。

就在艾爾鮮血噴飛的同時，獅子也被狠狠地撞了出去。

在獅子倒飛的同時，還能站著的人們紛紛的後退，從他們的嘴中傳出狼嚎般的叫喊。

原本滿心期待的碰碰，看到艾爾順利脫身，他憤怒的咆嘯著，「廢物！廢物！」

不過在開始騷亂的戰場上，多他一個聲音不多，少他一個聲音不少。

艾爾用力的摀著自己血流不止的肩膀，緩緩地站了起來。還沒等他的膝蓋完全伸直，一聲槍響傳遍了周圍。

還好艾爾的反應還算迅速，匆忙得像一邊倒去才沒有被子彈命中。不過再怎麼偏移身體，都還是沒有辦法快過子彈。艾爾的大腿就像被開山刀劃過一般，裂開一個又長又大的傷口。

看著碰碰歇斯底里到有些扭曲的臉，艾爾迅速的看了他手中的槍後，又專心面對再次飛撲而來的獅子。

槍響就像是訊號一般，獅子、圍堵的人們，還有躲在暗處的殺手都紛紛行動了起來。

剛才被艾爾從腹部狠撞一下的獅子，除了剛開始的行動有些不便之外，在牠襲擊艾爾的過程中變得更加兇狠。似乎一個人類能夠傷害到牠，已經是一種對萬獸之王的侮辱了。

在翻滾的期間，艾爾撿起掉落在一旁的木棍。還沒等自己的身體站穩，就對著黑暗的空氣猛揮一棍。

就在其他人有些疑惑艾爾這個不知所謂的動作時，一聲輕響還有陣陣的香甜味道從木棍上傳出。

當揮擊的動作停了下來之後，在木棍的邊上插著一隻藍黑色的箭矢。在箭矢的前端爆出一圈利刺，就像一朵蒲公英一樣。

那些爆出的利刺撐爆木棍的一角，點點的木屑紛飛而起，從箭矢頂端的位置再次射出一支更小的利箭，穿透木棍而過，「篤」的一聲插進了一邊的草地上。

所有的動作都在一瞬之間完成，不過這樣的情景卻像是怪蟲被殺死的當下，活生生的在艾爾面前重演。

艾爾怒吼一聲，向自己前方五、六公尺的地方一次丟出四、五個煙霧彈。沖天而起的黑霧，遮擋住了躲在暗處放冷箭的殺手的視線。

濃郁的黑霧開始向四周瀰漫，雖然有一陣微風從反方向吹過，不過只能減緩黑霧瀰漫過來的速度。

用木棍撐住快要倒下的自己，艾爾迅速的調整姿勢，再次向碰碰的方向衝去。站在帳篷邊的碰碰殘忍的對艾爾一笑，舉槍瞄準。原本已經準備好閃躲的的艾爾，發現碰碰不是瞄準自己，而是對著自己的身後開了一槍。

槍聲、變態般的笑聲、獅子的咆嘯聲交織在了一起。

某樣東西碎裂的聲音從這些混雜的聲響裡傳進艾爾的耳中，一陣顫慄的感覺襲進艾爾的心頭。

奔跑的當下，艾爾回頭一看，發現原本躺在地上的怪蟲屍體已經失去了自己的頭顱。紅白相間的液體爆滿四周，噴灑在怪蟲無頭的身上。

看到這樣的情景，艾爾發瘋的大叫，不過卻沒有停下腳步。發紅著眼睛，加速向碰碰衝去。

看著艾爾失控的樣子，碰碰開心的笑了起來，跟在艾爾身後的獅子也只差兩、三步的距離就可以追上艾爾，這讓碰碰笑得更加開心。

不過當艾爾開始加速之後，這兩、三步的距離一直沒有被縮短，反而是艾爾與碰碰之間的距離不斷地減少。

看著艾爾瘋狂的跑向自己，碰碰那張討人厭的胖臉終於露出驚慌的表情，舉槍對著艾爾發射，不過艾爾先一步將手中的木棍砸向碰碰。

吃痛之下，碰碰的手偏離了許多，銀色的手槍也掉落在地上。子彈擦著艾爾的臉龐飛過，留下一條淡淡的血痕。

痛楚並沒有讓艾爾的腳步因此停頓，反而面無表情地奔向碰碰。血紅色的眼睛，比起獵食中的野獸更讓人頭皮發麻。

三步、兩步、一步，艾爾跟碰碰之間的距離終於消失，有力的雙手抱住碰碰的頭，突起的青筋好像要直接將碰碰的頭捏爆。碰碰的臉色由蒼白變得脹紅，求饒的話語還來不及說出，整個頭就被艾爾塞進獅子張大的嘴巴裡。

一有異物出現在自己的口中，獅子毫不猶豫的闔上血盆大口，強勁的咬合力一瞬間就將碰碰的腦袋還有艾爾來不及抽出的左手咬得粉碎。

失去頭顱的碰碰屍體無力的跌落在地，「碰」的一聲拍起些許的塵土。

跟著圍困上來的人們，手中的武器紛紛掉落。事情發生得太快，根本來不及他們做出反應。

「啊！」一聲尖銳的嘶吼聲從一旁的小帳棚邊傳來，驚醒所有的人。

從頭到尾，艾爾的臉色都沒有任何改變，就連自己的左手被咬斷也是平靜不已。

看著那個發出尖叫聲的中年女人緩緩的暈倒在地，艾爾微微的皺了眉頭。

還沒等他做出任何動作，獅子又再次張開牠的嘴，飛撲而來。濃郁的血腥味撲鼻而來，原本被刷得潔白的牙也黏著鮮紅的碎肉。

快速地撿起掉落在一旁的木棍，艾爾用力地朝著獅子的腰部一揮。

被箭矢爆出一個裂口的木棍狠狠地撞向獅子，強力的撞擊力道讓木棍瞬間折斷，獅子的鮮血隨著木屑滿天飛揚。

艾爾轉身就跑，不過當碰碰被殺死之後，他的精神已經沒有辦法集中，腿上的槍傷還有剛才超越極限的奔跑讓艾爾的雙腿顫抖不已。

沒有預想中利齒咬進身體的疼痛，艾爾轉頭一看，發現獅子無力的倒在地上。鮮血混合著異樣的香甜氣味傳進艾爾的鼻子中，看著獅子腰部滾滾流出的血液有著淡淡的紫色，艾爾緊握著的拳頭緩緩地放開。

寂靜的氣氛不知道什麼時候壟罩這片區域，就連原本不時有些歡呼聲傳出的表演帳棚中也安靜無比。

紫藍色的電花在這黑暗當中格外的醒目，所有人都不約而同地將他們的目光移向表演的帳篷邊。

一條被外力扯斷的電線此時正無力的躺在地上，那些時不時跳出的電花似乎在訴說自己的無辜，靜靜地躺在那裡竟然也會遭到這樣的無妄之災。

直到這個時候才有人發現，原本勁爆的背景音樂不知道什麼時候停了下來。

就在所有人都還沒有反應過來的時候，艾爾已經一拐一拐的離開。他不斷地回頭看著怪蟲倒下的地方，不過還是沒有多作停留。有人發現艾爾的離開，不過他們卻不敢向前阻攔。

直到艾爾已經踏出馬戲團的大門之後，一陣大過一陣的喧鬧聲不斷的襲來。

表演帳棚開始湧現出一波波的人潮，不斷的抱怨聲還有怒罵聲都在同一瞬間停了下來，接著是可以預想的驚叫聲。

聽著身後傳來的音浪，艾爾加快自己的速度，朝著一開始就規劃好的路線前進。

走過一小片荒蕪之後，眼前終於出現一棟棟的破敗建築。時間已經過去了十幾分鐘。

看到眼前數來的第三棟建築有著一個放置垃圾的大垃圾桶，艾爾快步的走了過去，在垃圾桶的後方發現一台雖然破舊卻性能良好的腳踏車。

從時間到路線，都跟艾爾在十幾天前設定的一樣。唯一出乎預料的，就是接下來的行程應該要兩個人共同完成，而現在卻只剩下艾爾一人。

騎上腳踏車，原本還有些虛浮的腳步已經穩健了起來。本來還大量出血的左手斷腕處，在經過簡略的包紮後也只有出現微微的出血情況。這本來不可能發生的事情，都因為艾爾完美的近乎異常的身體而變得可能。

騎著腳踏車飆行了好一段距離後，艾爾在一棟破舊的醫院前停了下來。

緩步的走進醫院裡，照著一開始就規劃好的路線行走，左彎右拐地到了一個小房間前。

牆壁的周圍擺滿了藥櫃，裡面都已經沒有任何東西。艾爾從一旁的書桌抽屜裡拿出一串鑰匙，打開一個上鎖的櫃子後，從櫃子深處的隱僻角落裡拿出一袋藥包。

坐在房間裡唯一的小床上，艾爾不理會那些飄揚而起的灰塵，自嘲地說道：「還真沒想到，原本的目標沒有完成，最壞的打算卻實現了。」

艾爾說著說著，眼眶開始瀰漫淚水，一顆顆的淚珠順著他烏黑的臉龐滑了下來。

一邊流著淚，一邊小心的將隨手纏在左手斷肢的破布拆了下來。看著血肉模糊的手，艾爾面無表情地為自己換上乾淨的繃帶。

就在他往後一躺，想要放鬆一下身體時，靈敏的耳朵準確地捕捉到細小的煞車聲。

原本緊繃著身體的艾爾，在聽到那毫不設防的腳步聲後，緩緩地放鬆下來。他輕輕地走到門邊，拉開緊閉的門，第一眼就看到慌亂跑來的羅恩法。

羅恩法此時的頭髮有些散亂，不過她根本就無心顧及這些，專注而焦急的眼神正緊緊地盯著站在門旁的艾爾。

當她看清楚艾爾的情況後，更是加快腳步衝到艾爾的身邊，一把抱住艾爾。雖然眼中的焦慮減緩了，不過卻已經溢滿了淚水。緊緊的擁抱卻小心地避開艾爾的左手，羅恩法什麼話都沒有說，任憑自己的眼淚沾濕艾爾的衣服。

「我不會有事的，只需要好好的休息和治療，就會好的。」艾爾輕聲地安慰羅恩法。

「還好，還好，你留在桌上的地圖沒有收起來，要不然道成打電話回家的時候，我還不知道要去哪裡找你。」羅恩法心有餘悸地看著艾爾，「賽兒呢？她在哪裡？」

「她還在馬戲團，不過妳不用擔心，她沒有直接受到波及。」艾爾輕輕地拍著羅恩法的肩膀。

「你怎麼會變成這樣？」羅恩法心疼的看著艾爾狼狽的身體，小心地捧著已經不再流血的左手。

聽到羅恩法問的問題，艾爾將他的頭埋進羅恩法地胸前，原本戴著平靜面具的臉龐終於崩潰，止住的淚水再次潰堤。好幾次想要說話，不過強烈的情緒波動讓他不能完整的表達，做了幾個深呼吸後，他才斷斷續續地說道：「我找到怪蟲了。」

「就是你之前說，跟你們一起離開實驗室的男孩。」

艾爾緩緩地點頭，「他就在那個馬戲團裡。我跟賽兒在看到宣傳海報的時候就知道了。我們計畫了很久，就是為了這一天。不過沒想的是……」

羅恩法將她的手臂收緊，留給艾爾一個更加堅實的擁抱。

「我對不起他，妳知道嗎，我對不起他……」聽到艾爾自言自語般的詢問，羅恩法張嘴想要說些什麼，不過艾爾沒有等待她的回應，崩潰般地說道，「看著他生不如死的樣子，想想我這三年來感受的親情、友情，我不敢看他的眼睛，直到他死前最後一刻，我都沒有給他好臉色。」

所有的偽裝都在這一刻卸了下來，艾爾哭得跟一個孩子一樣。羅恩法不斷的輕拍著艾爾的背，原本醞釀好的安慰詞語也都變成堅強而溫柔的擁抱。

艾爾劇烈的呼吸漸漸的平復，就在這時，一陣劇烈的煞車聲傳來，緊接著是一陣急促地奔跑聲。

道成的身後跟著賽兒，兩人匆忙地向艾爾奔來，還沒等他們完全站定，羅恩法衝向賽兒，緊緊的抱著她。

這個擁抱持續了許久，艾爾和道成就這麼默默的等待著，直到羅恩法和賽兒分開，道成才將他的目光從這對母女轉移到艾爾身上。

目光複雜的道成，緩緩地舉起了別在腰間的槍，對準一臉平靜的艾爾，「艾爾，以殺人嫌疑之名，你必須跟我走一趟。你有權保持沉默，你現在所言都將成為呈堂供證。」

似乎看到不可思議的一幕，賽兒尖聲的說道：「你叫我帶你過來，不就是因為你擔心艾爾嗎，爸爸？」

羅恩法顫抖地伸出手，緊緊的握住道成握槍的雙手。雖然微微地用力，不過卻無法讓道成堅定的雙臂移動絲毫。

緊抿的雙唇似乎在這一刻微微的向下彎曲，道成撥開羅恩法的手，定定地看著艾爾，一邊僵硬地說道：「妳們想要妨礙我執行公務嗎？」

至始至終，艾爾都是平靜地看著，直到道成掙開羅恩法懇求的雙手後，他微微的屈膝，身體也向前傾斜。

「不要動，艾爾。你反抗的話，只會更加深你的罪。」道成銳利的目光盯著艾爾所有細微的動作，不過他卻顫抖地說道，語氣之間甚至露出微不可察的懇求。

艾爾的眼中沒有怨恨，反而帶著歉意地看向道成。

「跑！艾爾！跑！」賽兒大聲地叫著，一邊將手中的煙霧彈用力的甩出。

賽兒的聲音就像賽跑前的槍聲，在黑霧瀰漫的那一瞬間，艾爾快速地向前衝刺。

「碰！碰！」

兩聲槍響捲起一片煙霧，好像一把銳利的剪刀，在這黑色的紗上畫出兩條痕跡。

「你瘋了嗎？那是你兒子！」艾爾的身後傳來羅恩法撕裂的吶喊。

這時，艾爾已經穿過道成他們，順手丟出所剩不多的兩顆煙霧彈後，艾爾死命地奔跑。

又是一顆子彈劃過。道成的反應極為靈敏，準確地抓住艾爾的動向。

只是一瞬間，艾爾的臉上多出了一條深深的血痕。聽著背後傳來羅恩法的怒罵聲，道成沒有再次開槍。

艾爾想要停下來，不過他沒有。他毅然地跑出這棟廢棄的醫院，衝向無盡的黑夜。眼角的餘光，似乎瞄到二樓的窗邊，露出道成灰色的雙眼。

那眼，像極了黎明前的黑，不想黑夜結束，卻無法阻止太陽升起。

第十六章、歲月的刀痕，歲月的眷寵

看著鏡子中臉色蒼白卻依然年輕英俊的自己，艾爾摸了摸光潔的下巴，微微地嘆了一口氣。

烏黑色的頭髮長時間沒有整理過了，最長的髮梢已經碰觸到腰間。不過在這個寒冷的冬天裡，這樣濃密的頭髮反而帶來溫暖。

單手脫掉沾滿藥液的實驗袍，將它丟進一旁的衣籃中，艾爾緩緩地走進浴室迅速的沖洗了一下。

多年下來，早已讓艾爾熟悉了只剩右手的生活方式。現代醫學中，雖然可以裝上義肢，不過艾爾沒有嘗試的打算，也無法進行這樣的手術。

穿上浴袍，在頭上蓋件浴巾，胡亂的擦了擦濕漉漉的頭髮，艾爾緩緩地走向沾滿碎雪的窗旁。

頭髮沒有完全擦乾，一滴一滴的水珠順著髮梢滴在木製的地面上，留下一路的水痕，不過艾爾並不在意。

寒風從無法關緊的窗縫溜了進來，跟艾爾嘴邊呼出的白霧相互嬉戲。從他專注看著窗外的眼神中可以看出，這樣程度的寒冷無法對他造成任何影響。

窗外有著一片零零散散的低矮樹木，白色的雪花掛在它們的樹梢上，形成冬天帶來的花朵。

艾爾所在的這棟建築孤零零地處在這片殘破的樹叢間。

久沒打掃的林間小路泥濘不已，潔白雪花落在上面都變成黃黑的染料，為這髒亂的小徑上做出一些貢獻。

艾爾正直勾勾的盯著小路的盡頭，原本空無一人的地方突然多出了兩個裹得結結實實的身影。

艾爾笑了。這抹笑容為他蒼白的臉龐添增了些許的色彩，也將他眼中的麻木及憂鬱削減不少。

其中一個高大的身影穿著灰褐色的防風大衣，雙手插在口袋裡，一步一步極為分明的走著。另一個人就矮小了許多，戴著毛線手套的雙手緊緊地拉住衣領，將自己的口鼻遮得嚴嚴實實的，讓人看不清他的面孔。

從他們口中不斷冒出的白霧看來，他們正在交談著些什麼。沒過多久，他們就站在這棟破敗的小屋前。兩人同時在一旁的石階上跺了跺腳，將一路上沾到鞋上的泥濘給跺了下來。

矮個子的身影，毫不客氣地一把推開大門，將身上的大衣一脫、一拋，丟到一旁的衣架上，就像來到自己的家一般。

「艾爾，快下來，我們帶了些酒。這該死的鬼天氣。」跳脫的聲音從酒瓶後傳出。兩顆眼睛正透過琥珀色的酒瓶看著從樓梯上緩緩走下來的艾爾。

那個高大的身影，此時正彎腰將沒有掛好的大衣重新掛上，順便無奈的白了拿著酒瓶的身影一眼。當然了，那著正拿著酒瓶的人此時正對著艾爾開心地大呼小叫，根本沒有注意到來自身後的白眼。

「嘿！小畢！阿克！」艾爾開心地張大雙臂，緊緊地抱著這兩個遠道而來的人。

他現在住的地方是阿克小時候在孤兒院發現的「祕密基地」。

三十年前，那次的馬戲團殺人事件之後，在搗蛋五人組的另外四人的幫助下，艾爾來到這裡，安頓了下來。

三十年前，那次的事件震驚了整個社會，艾爾這個名字隨著新聞的播報，隨著通緝令的發布更廣為人知。只不過這一次，不再是以風雲人物身分登場，而是成了家家戶戶飯後的談資。

一件件關於碰碰馬戲團的罪行被調查出來，關於艾爾的殺人動機也被一次次地翻出來討論，有正面地評論也有負面地指責。

道成主動申請調離當時的職位，也以「因為跟嫌疑人有法律上的父子關係而不適任以客觀角色進行調查工作」為理由，從主動地執行任務變成被動地接受調查。

聽阿克他們說，道成因為對艾爾開槍而被羅恩法趕出家門，直到羅恩法被告知艾爾平安之後，才讓道成回到家裡。

三十年來，艾爾就這麼住在這棟破敗的小屋裡。羅恩法他們可能知道，也可能不知道。不過除了阿克他們會不時地捎來家裡的口信之外，家人沒有在這裡出現過一次，這讓艾爾在早先的幾年鬆了一口氣。他覺得沒有臉見自己的家人。

才一晃眼，三十年的時間就這麼過去了。

一秒鐘、一件事、一個人，都有可能會發生很大的改變，更何況三十年。

相較兩人都出現斑白的鬢角，艾爾依舊年輕。他的身體似乎受到歲月之神的寵愛，三十年後的今天，卻仍然停留在十八歲的當年。

眼前這個高大如熊的身影留著大把的濃密絡腮鬍，在高中畢業的時候，以優異的成績考上了全國有名的醫學大學。接著又從事研究工作幾十年，現在已經是享譽全國的大師了。

他用力地拍著艾爾的背，嚴謹地說道：「艾爾，你又用我的名義將我們研究的論文發表出去。你知道的，我不喜歡這樣。」

說完，雖然他的臉龐因為鬍子的遮擋看不出什麼，不過暴露在外的耳朵卻隱隱發紅。

「你想太多了，阿克。就算我想要以我的名字發表，你也不想想看，我還是個通緝犯呢。更何況，你自己也說了，這是我們的研究，沒有我們一起思考，說不定就不會研究出這些東西。」艾爾接過小畢手中的酒瓶，安慰著說道。

「不過，你也不聽聽外面的同行是怎麼說我的。那樣的讚美、那樣的追捧，一切就好像我從你的手中把這些東西都搶走了似的。」阿克皺著眉頭說道。似乎這樣的動作可以緩和他對艾爾歉疚的情緒。

「你想太多了，你幫我那麼多，還為我張羅這些實驗的器材。你知道的，如果就這樣讓我閒著，我可能會發瘋的。更何況，你選擇這個行業，不就是為了救更多的人嗎？」艾爾說道最後輕輕地笑了起來。

就連坐在一旁的小畢也跟著一起取笑阿克。

阿克喜歡賽兒，不過因為賽兒身體上的病況，所以一直被拒絕。就是因為這個原因，阿克選擇在畢業之後投入醫學這個領域。

迅速接過艾爾地來的酒杯，阿克猛灌了幾口。原本耳朵上消退的紅色又浮了上來，也不知道是因為害羞還是酒精的原因。

艾爾不再揶揄阿克，轉頭看著頻頻為自己酒杯添酒的小畢。

枯黃的臉上有一條從左眼延伸到下巴的刀痕，嘴唇的一小部分被分離了開來，所以整張臉龐有些彎曲。僅憑這張臉的樣子，實在很難跟小畢學生時期聯想在一起。

艾爾曾經多次向小畢提出想要為他修復臉龐的想法，不過都遭到拒絕。小畢認為，這道疤痕是時時提醒自己以前犯錯的最佳工具。

高中畢業之後，身旁的夥伴都有了良好的成績或出路。來自家庭的期許及壓力終於壓垮小畢，他自暴自棄的加入黑社會。吃喝賭嫖樣樣都來，作奸犯科無所不作。一次大案之後，小畢被抓了進去，在牢裡關了五年。

「最近怎樣，跟伯父他們處得還好嗎？」艾爾壓下小畢舉著酒杯的手。他知道，只有在這個時候，小畢才會放鬆心情的喝酒，不過他卻不想在他們還沒開始聊天之前就有人醉倒了。

聽艾爾的問題，小畢順勢放下自己手中的酒杯，拍了拍額頭，用他那張猙獰的嘴說道：「嗯，還不錯。雖然現在在工地工作、兼差處理公共廁所的衛生，只夠勉強生活，不過他們很開心我可以這樣。前幾天，老爸、老媽還邀我回去吃飯。你們知道嗎，我小妹在一個月就要生了，我要當舅舅了。」

說著說著，小畢不由得哭了出來。他任由自己的眼淚滴進面前的酒杯裡，嘴角卻咧咧的笑著。

艾爾一把攬住小畢的肩，為三人的酒杯加滿了酒。酒杯相碰時傳出的清脆聲響，還有低質劣酒滑進喉嚨帶來的苦澀感覺，三人的笑容在爐火的照耀前是這麼的融洽。

「法斯洛前幾天終於結婚了，都五十幾歲的人，終於定下來了，我還以為他會是我們之間最早結婚的人。」烈酒衝喉之後，阿克脫口而出。

當這句話一說出口，阿克困窘的閉上嘴巴。原本因為爐火而十分溫暖的客廳，似乎也因為這句話的原因而冷了下來。

「別提那兩個膽小懦弱、無情無義的人。」小畢率先對阿克發火，他憤怒的咆嘯著。似乎覺得光說兩句話還不足以平息心中的憤怒，一連串的咒罵從他的口中不斷冒出：「當初艾爾被通緝的時候，不就是最需要幫忙的時刻嗎？怎麼可以因為……因為……因為……就這樣轉頭離去。法斯洛和萊恩也不想想，當初我們是多麼受到艾爾和他爸媽的照顧。我們之間的情……情啊……」

看著小畢激動的樣子，艾爾始終平靜，不過從他含笑的眼睛和嘴角，透露出他心中的溫暖及感動。

微微晃動手中的酒杯，看著酒液在杯沿上流連，直到酒水不再起伏，艾爾一口將杯中所有酒一口喝掉。

艾爾一邊品嘗嘴邊的苦澀，一邊說著：「他們有家人。一個能為自己家庭著想的人，是一個負責任的人。更何況，他們知道我所在的位置，也沒有透漏給警方，我很感謝。我知道的，你們都曾被約談過，我知道的。」

小畢學著艾爾將杯中的酒一口喝掉，低頭沉默了一陣子後，看著艾爾有些淘氣的問道：「你的意思是說，我和阿克是很不負責任的人嗎？」

率先回應小畢的阿克，抓著臉上的鬍子，將瓶蓋丟向小畢，淡淡地說道：「白癡。」

「哈哈哈！」三人的笑聲沖淡了先前的尷尬及沉重，也似乎讓室內的溫度增加不少。

「你明天會回家嗎？之前羅恩法說想你了，賽兒也是。羅恩法的身體越來越不好了，一直都沒有治療的辦法。」當笑聲停下來後，阿克看著艾爾問道。

聽見阿克的問題，艾爾停下跟小畢碰杯的動作，期待的說道：「會啊，之前就已經規劃好了，我也挺想她們的。羅恩法的病只能等了，這是要看機會的。」

阿克心不在焉的點了點頭，接著有些無所謂的問道，不過臉上刻意做作的表情卻出賣他此刻的心情：「你還是不想見道成嗎？」

小畢放下手中的酒杯，專注的看著艾爾，聽著他的回答。

「我不敢見他。」艾爾苦澀的笑著說道，「我讓他在警界蒙羞，我讓他放棄了心中的堅持。他本來可以一槍命中我的心臟的，不過他沒有。只讓子彈擦過我的臉頰，讓我逃跑。」

「你們是父子啊。什麼在警界蒙羞，道成才不會去在意這種鬼東西。」小畢搖著艾爾的肩膀說道。巨大的力道甚至將桌上的酒瓶打翻，不過酒已經所剩不多，只流出少許。

「對啊，每次我看到他，他都很期待聽到你的消息。」阿克也在一旁說道。

艾爾只是輕輕地搖著頭，「你們不知道，從我見到他的第一眼，我就知道了。我眼前的這個男人，是個堅毅而嚴謹的人。三年的相處，我更是了解，他將正義看得多麼重要。那天，他為了我拋卻心中的堅持，我覺得對不起他。」

阿克和小畢還想再勸，不過在給自己猛灌幾杯酒水之後，艾爾已經閉上眼睛。細微的鼾聲傳了出來，艾爾不斷的呢喃著：「賽兒，羅恩法……道成……」

微微的搖著頭，清醒的兩人幫忙整理散亂的客廳。

除了酒瓶的碰撞聲外，就只剩下柴火燃燒時的「嗶剝」聲。溫暖的火焰在壁爐裡跳躍，影子也跟著起舞。

窗外的風吹著，潔白的雪仍然飄飛。

第十七章、道成的請求

當陽光劃破天際，驅散黑夜，照進門窗時，艾爾緩緩的張開了眼睛。

一個晚上都躺在沙發上，難免會覺得腰酸背痛。有些睡眼惺忪的伸展著腰背，艾爾正想要走到浴室梳洗一下。

在跨過沙發的時候，腳好像踢到什麼東西。低頭一看，才發現小畢正斜斜的躺在地板上，一隻腳還跨在桌面上。不遠處的阿克也趴在低矮的茶几上呼呼大睡，高大的身軀此時看起來像一坨黏在砧板上的肉。

因為艾爾的那一踢，小畢緩緩的醒來，一旁的阿克也被這細微的動靜吵醒。

壁爐裡的柴火經過一晚上的燃燒只剩下暗紅色的餘炭，正散發著為數不多的熱。冬天終究還是占了上風，將他的寒冷注入房子裡，蠻橫的壓下炭火的熱情。

經過簡單的漱洗之後，三人一起離開。

房子外的雪又加厚了許多，雖然天空已經不再飄雪，不過還是壓著厚厚的烏雲。

太陽艱難地露出臉龐，微笑著想要讓人感受到她的溫暖，不過天上的烏雲就像厚厚的紗網，微笑傳達到了，溫暖卻被過濾掉了。

房子前面凌亂站立的樹木已經沒有任何花葉在樹枝上，幾隻早起的鳥兒拍著翅膀緩緩地落在樹上。突如其來的外力讓積雪猛然落地，巨大的聲響驚起已經停歇好的鳥兒，「啾啾」鳴叫的飛離，好像責怪那些落地的雪沒有事先告知牠們。

沿著唯一的泥濘小徑向外走，一些原本濕滑不堪的地方都結成一小攤、一小攤的冰池，所以一路走來，除了褲管被融化的雪沾濕之外，倒沒有弄髒衣服。唯一不太方便的，就是每一步都要非常小心。

走過一小段的路之後，原本稀疏的樹木越來越多，到最後茂密的如同森林一般。再向前方，是一條橫向的大馬路。從反方向看來，有著許多樹木的遮掩，根本就無法看清楚隱藏在裡面的小徑，更不用說艾爾現在住的房子了。

現在艾爾三人正站在一棵大樹旁，阿克的車子就停放在那邊。這條路原本就沒有什麼車輛經過，所以根本就不用擔心會有人偷車。更何況，阿克將車子停得很隱密。

從後車箱搬出一台腳踏車，阿克隨意地按了煞車兩下，「腳踏車幫你修好了，不過你真的不要我載你嗎？」

「不了，你自己也很忙，騎一段路就到了。」艾爾接過腳踏車，輕鬆地說道。

「一段路？開車都要一個多小時耶？反正我們也不趕時間的。」聽著艾爾的這般言語，小畢再一次的勸說。

艾爾笑了一下，表示接受他們的好意，不過卻沒有停下他坐上腳踏車的動作。「你還要去工地呢，小畢。讓阿克載你過去吧，好不容易有這份工作，就要好好把握。」艾爾一邊說著，一邊戴上一頂破舊的針線帽，並將外套的拉鍊完全拉上，直到自己的口鼻都被擋住為止。

小畢沒有再多說什麼，拍了拍艾爾的肩膀後，準備坐到車子的副座上。就當阿克想要跟艾爾來個擁抱時，一輛銀色的休旅車緩緩地開了過來。

在這空無一人的大馬路上，任何一輛車子的經過都很引人注目。休旅車的方向燈在靠近艾爾他們的時候緩緩地亮了起來，在車子轉向的時候，車頭燈也跟著熄掉。

車子緩緩地停在艾爾三人的前方不遠處，就在三人都有些疑惑的時候，小畢拉了阿克一下。

艾爾同樣看見那個走下車的人的樣子了，不過也因為這樣，艾爾停下所有的動作，只是直愣愣的看著他。

「道成。」阿克和小畢走向前。在他們對道成打招呼的同時，眼睛有意無意地飄向艾爾的方向。

「你們好啊。」道成一如三十年前般嚴謹，就連回應問候也是如此。

看著那緊抿的唇、梳得一絲不苟的頭髮，艾爾久久說不出一句話來。

三十年的歲月同樣在道成身上留下痕跡。黑白參差的頭髮、掛在眼角的魚尾紋、細小但確實存在的老人斑、消瘦卻開始有些佝僂的身體，這些都昭示著站在艾爾眼前的已經是一個六、七十歲的老人了。

在阿克和小畢打過招呼之後，四個人之間就再沒有傳出任何言語，這樣的尷尬氣氛比赤裸身體的站在這冰天雪地中更讓人難熬。

「艾爾，道成專程來找你，一定是有事情要跟你說。正好你也要回家，就不用再騎腳踏車了。」阿克率先說話，打破這片沉靜。

小畢聽到阿克說的，連忙將艾爾手邊的腳踏車拉走，一邊附和著阿克說的話。

從阿克他們開始講話到腳踏車被拿走，艾爾始終沉默著。他緊咬著牙齒，不發一語的看著道成，臉上的神色變幻不定，最終歸於平靜。

反倒是道成的反應就沒有像艾爾一樣激烈，他除了在一開始看向艾爾之外，其它時間阿克他們的問話道成都有給予禮貌上的回應。

當小畢將腳踏車鎖在一棵大樹旁後，阿克再次說道：「道成，我們先走了。明天再去拜訪你們，代我們向羅恩法和賽兒問好。」話語聲才落下，阿克和小畢就拍了拍艾爾的肩膀，走向車子。

「會的。」道成緊抿的唇難得露出一絲笑容，目送著兩人回到車上，直到車子緩緩地離開。

車輪移動時捲起一些雪花，為這單調的冬天場景中增添些許的活潑情調。

似乎是藉著此時變化的場景為契機，道成率先開口。「你還在恨我當初對你開槍嗎？」與其說是詢問，倒不如說是極力掩藏不安的懇求。

看著不復年輕的道成，陣陣辛酸的感覺襲上艾爾的心頭。尤其是那雙原本極為堅毅的眼神，此時再無當年的威嚴時，艾爾再也克制不住自己極力維持的平靜表情。

「呵呵！開什麼玩笑，你不是一直都知道的嗎？」艾爾笑著，不過聲音卻是如此的乾癟。那雙原本處理再怎麼細微的實驗都穩定如山的雙手，此時正微微顫抖的伸向道成的臉。

「我害怕啊！」道成說道，一邊搖著頭。「這些年，你總是在我離開的時候回家，我都知道的，我又何嘗不是如此。」緊抓住艾爾的手，道成的雙手此時看起來更加乾瘦。皮膚細薄的貼在骨頭上，血管明顯的浮起。

艾爾一把抱著道成，積壓多年的情感在這一刻平靜的釋放了出來，沒有流淚、沒有言語，艾爾就這麼靜靜地抱著老人。

三十年前，那雙堅定有力的雙臂為了自己的家而遮風擋雨。三十年來，風暴不斷的消磨他的力氣，最終留下殘弱不堪卻仍然勉強的堅持。三十年後的今天，暗礁化為殘破的海船，找到另一個可以安心停泊的港口。

「我們回家吧。」道成離開艾爾的擁抱，雙手握住艾爾的肩膀，緩緩地說道。那雙有些昏花的雙眼，在這一刻露出極為明亮的光芒。

聽著道成的話，看著道成的眼，艾爾的身體不由的僵直了一下。不過這樣的狀態只是維持的一瞬間，在道成摟住艾爾的肩膀時，艾爾放鬆了下來。

兩個人踩著積雪走向道成來時開的車。

車內十分溫暖，跟剛才在雪地上相比是天差地別，不過這樣舒適的環境對兩人來說卻不算什麼。解開心結對兩人來說，才是比雪中的炭火更加完美的禮物。

道成轉著方向盤，休旅車緩緩的沿著來時的路駛去。透過車窗可以看到雪地上的車痕，可以推想，那是阿克他們離開時車子輾壓而過所留下的痕跡。

艾爾住的地方十分的偏遠，車子行經了近半個小時，周圍才開始出現房子。

這一個小時的時間過的飛快，歡樂的談笑聲充斥著車子裡的每一個角落。艾爾一邊回應著道成的詢問，看著一群小孩堆著雪人，他輕鬆的笑了。

在這三十幾年來，從一開始時刻緊張的逃避著警方的追捕，隨著時間的過去，追捕的力道開始減緩，艾爾也沒有哪一刻像現在這麼放鬆。

他將所有的時間及精力全部都投入到研究當中，每當研究成果出現在他的面前時都能帶來一絲愉悅，不過那也只維持了一小段時間，緊接著他又將自己丟進另一個議題當中。

他害怕著，他感到寂寞。雖然有朋友的陪伴，雖然他在固定的時間會回到家中，不過那些似乎都少了些什麼。只有在這一刻，三十年來所缺的角終於被補平。

看著那一條條熟悉的路在自己的眼前經過，雖然艾爾已經多次騎著腳踏車路過，不過那跟坐在道成的車上比起來似乎又有那麼一點不一樣。

還是那個熟悉的公車站，再往前一段距離就是那個熟悉的小區。道成緩緩的將車子停向路邊，原本還在跟艾爾訴說這些年的警局經歷的話語也突兀的停了下來。

艾爾看著道成，從那認真的眼神看來，他似乎在等待著什麼。

「救羅恩法……救她！」道成看著艾爾，無力中帶著期待的說道。原本的歡聲笑語好像從沒有出現過，道成的這個請求實在來的太過突然。

不過艾爾似乎早有準備，臉上一點都看不出有任何的驚訝或錯愕。

「你知道了？是嗎？艾爾？」艾爾平靜的表情換來道成連續三個的疑問。

看著這個為自己愛人而心慌意亂的男人，艾爾一時之間有些難以開口。就在道成等的有些焦慮的時候，艾爾輕聲的說道：「我知道。從你主動過來找我的那一刻，我就知道了。」

聽到艾爾的回答，道成緩緩地恢復平靜。嘴角帶著苦澀的笑容，對著艾爾說道：「人生還真是奇怪。如果我今天沒有來找你，我想我會後悔一輩子。不過如果羅恩法平安無事的話，我也許會遠遠躲著你，藉著我出去的時間，讓你回到家中，不用面對我。」

艾爾的手不斷的劃著安全帶，好像這樣可以減緩他心中的躁動。

「救她，她是你媽媽啊，艾爾。我知道你有辦法，阿克都跟我說過了，你們進行的那些實驗……」道成聲音低沉的說道，緊握著方向盤的手已經開始泛白。絲毫不用懷疑，道成極有可能將方向盤捏爛。

「我也想要救她，不過不太可能的，羅恩法也不會同意這樣的作法，只能等醫院找到跟羅恩法符合的心臟。」艾爾說。

「不太可能？那就代表你有方法，對吧。」道成自動忽略艾爾後面說的話，一心一意的樣子，好像抓住最後一根救命稻草的災民一般。

艾爾看著道成激動的樣子，先點了點頭，之後又搖了搖頭。「等……」在他說這個字的時候，好像用盡身上所有的力氣一般。

「你明明知道等不起的。前幾天羅恩法感冒之後，醫院說了，她的生命只剩下短短的幾天了。糟糕的是，她的血型實在是太稀少了，根本就沒有什麼希望找到相匹配的心臟。如果再不換心，羅恩法會死！會死！」道成抓著方向盤的手轉向握住艾爾的肩膀，不斷用力的同時，激動的對著艾爾咆嘯。

「幾天了……」似乎沒有感覺到道成握住自己肩膀的手，艾爾喃喃地說道。

「求你，艾爾。救她……」道成用力的晃動著艾爾的身體，懇求著。眼淚不斷從他昏花的眼中流下，不過他一點都不理會，只是一遍一遍的求著艾爾。

這還是第一次，艾爾看到道成如此狼狽的樣子。看向道成的眼神有些失焦，從眼睛中反射出來的人影，似乎艱難的想跟三十年前的偉岸身影重疊。

「不論要我做什麼都好，只要能夠救她。」

艾爾雙手合十，頂在自己的額頭上，久久不語。在他沉默的期間，道成沒有中斷他的請求。

艾爾咬住自己的嘴唇，艱難的說道：「好……」

這個字就像從他的牙縫間露出，不過落在道成的耳邊卻跟不斷回想的天籟一般。

胡亂的用袖子擦著自己的臉，不過還是留下一些淚痕，道成的手重新握住方向盤，車子緩緩地駛向那棟白色小屋。

「我們回家。」聽到艾爾肯定的回答後，道成心中的石頭似乎落地，語氣重歸緩和的說道。

艾爾只是看著道成的側臉。不斷地看著，就好像想要將這張臉龐永久的刻在腦海中一般，直到那棟白色的小屋門前出現兩個身影才轉移他的目光。

兩個白髮蒼蒼的女人相互扶持著，顫巍巍地站在門口。

站在左邊的女人依舊用她溫暖的微笑歡迎艾爾的道來，眼中慈愛的目光似乎可以融化一切。羅恩法開心的笑著，也不知道是高興艾爾的歸來，還是歡喜著父子倆的釋懷。

而站在右邊的女人看起來比羅恩法更加的蒼老，就好像八十幾歲的老太婆一般，連腰都直不起來，不過她卻開懷的揮著手。賽兒笑得像一個小女孩一般，一如三十年前那樣。

看著這兩副笑臉，坐在車上的兩個男人都笑了。道成仔細地將還掛在臉上的淚珠擦掉，深深吸了一口氣，緩和剛才停留到現在的哽咽。

兩個人走下車，張開雙臂，迎向自己的家……

第十八章、生生死死

在一個昏暗的空間裡，分別坐在大箱子上的兩個男人默默地吞雲吐霧著。從地上滿是菸蒂的殘骸看來，他們已經在這裡待上一段時間了。

周圍的東西雖然繁多，卻收拾得井然有序，只是從物品上積滿的灰塵看來，這裡已經有很長一段時間沒有人來過了。

「這個人可靠嗎？」艾爾問著坐在對面的阿克，手上的香菸忽明忽暗的燃燒著，那一絲細微的光亮格外引人注意。或許是因為吸入煙霧的關係，艾爾此時的嗓音有些沙啞。

「可靠！他是我們研究中心裡的一個科學狂人，對於科學之外的事情他是不管不顧的。」阿克大口的吸了他手中的菸後，放在腳下狠狠地踩熄，接著又給自己點上一根新的香菸。

艾爾默默地聽著，直到阿克手中的煙點燃，他才開口說道：「我不擔心我的身分暴露或是什麼的，他的技術……你知道，不能出現任何偏差的。」

「呵呵！這點你就放心吧，他是我們中心技術最好的人。我有年紀了，手會抖了，要不然這麼重要的事情我也不會交給其他人。」阿克說完，有些感嘆的笑了一下。

艾爾伸出他那雙依然白皙的手，輕輕在阿克略為佝僂的背上拍了拍。沒有多說什麼。

在阿克對他的安慰回應一笑後，艾爾說：「其實我現在比較擔心的是道成。」

「嗯。」阿克也同意艾爾說的話，不過在沉默了一下後，還是遲疑的再一次問道：「真的沒有其他辦法了嗎？比如做細胞培養？重新做出一顆符合羅恩法的心臟？我們可以的。」

「太遲了。」艾爾搖著頭，用力的吸了一大口菸後，開口說道：「兩天的時間不夠我們做心臟培養了，那時候羅恩法也已經沒有辦法撐過手術。」

「那你為什麼會拒絕道成的請求……對不起，我不是想要質疑什麼，不過你也知道，雖然道成同意找人過來，可是……」阿克緊皺著眉頭，看著艾爾。就連他手中的香菸已經燃燒一大截，煙蒂正緩緩地掉落到他的腳上，阿克也沒有發現。

艾爾不在乎阿克的質問，隨意的擺了擺手後，看著自己的手緩緩地說道：「道成的心臟已經不符合要求了……」說到這裡，艾爾揮手制止阿克想要說出口的話，「我知道基因更換的技術對誰都有用，不過我們卻無法改變時間對人體所造成的影響。」

「……道成老了……他的心臟無法供應手術後羅恩法的生存需求……這樣只會白白犧牲兩條命……」艾爾語氣艱澀的說道。似乎說出這些話語，就耗費了他所有的力氣，原本持菸的手，此時正無力的放在自己的腿上。

「屍體呢？如果是用剛死沒多久的屍體？」阿克在一次問道，不過從他的眼中可以看出他也不抱太大的希望。

回應他的只是艾爾搖頭的動作。一邊搖著頭，一邊站了起來，艾爾狠狠的吸了一大口菸，只看到他手中的煙快速的燃燒，一下子就快要燃燒到底了。

他將香菸隨手丟到地上，用腳踩熄後，吐出一長串的煙氣。走到一旁的牆邊按下按鈕，前方的門緩緩地打開。迎著冬天難得出現的陽光說道：「倉庫的空氣真是難聞，還是外面的空氣好，就是冷了點……走吧，從現在開始有好多事情要做。」

阿克深深地嘆了一口氣，沒有再多說些什麼。跟著艾爾走出倉庫，兩個人一前一後回到了那棟破敗的房子前。一路上，沒有人開口說話。

回頭掃視了一下，確認周圍除了那些凌亂稀少的樹木之外沒有任何人後，艾爾和阿克踩著木製的階梯走進房子裡。

原本艾爾住的房子都是清清冷冷的，不過今天卻不太一樣。

壁爐裡的柴火正熊熊燃燒，一男一女對坐在客廳的沙發上，默默無語。直到開門聲響起，坐著的兩人才站了起來。

賽兒拄著拐杖顫巍巍地緩步向艾爾走來，單薄的身體就像她稀疏的銀髮一般，看起來都是那麼的弱不禁風。

阿克對著賽兒一笑，走到原本賽兒坐的位置上，對那男子說著些什麼，也為艾爾兩兄妹留下說話的空間。

「艾爾……」賽兒蒼老的聲音傳出。不過她只叫了艾爾的名字後，就沒有再說下去。

艾爾看著賽兒緩緩地搖了頭，兩個人之間的默契已經不必用言語來表達，拍著賽兒的肩膀，艾爾同樣沒說什麼。

只不過艾爾的沉默似乎讓賽兒的原本就有些混濁的雙眼變得更加黯淡，她緩步向門邊走去。艾爾連忙為她披上一件厚實的披肩，看著賽兒打開門，走了出去。

賽兒就這麼站在階梯下的雪地上，時不時緊了緊肩上的披肩。艾爾看了一陣子之後，轉身走向坐在客廳等待的兩人。

寒風透過沒有關上的門吹進房子裡，壁爐裡的火光隨著搖曳了起來。忽明忽暗之間，室內的溫度也下降許多，不過沒有一人多做理會。

艾爾坐在阿克的旁邊，看著眼前的年輕男子。

壯實的身體不會顯得遲緩，只是坐在椅子上的樣子似乎有些擁擠。鋼針般短髮下的臉龐方方正正，充滿著二十幾歲青少年應該有的陽光。微黃中帶有些淡紅的雙眼，還有較其他人稍長的犬齒，雖然有些不太一樣，不過卻有著別樣的美感，令人印象深刻。

就在艾爾看著他的時候，青年同樣打量著艾爾。準確來說，是看著艾爾露在衣服外面的項鍊。在匆匆掃過艾爾的面龐之後，他的目光就被那條項鍊吸引。

艾爾同樣注意到青年的目光，他微微的皺了眉頭，不是因為青年的打量，而是因為項鍊本身。

三十年來，艾爾多次想要將項鍊拿掉，不過最終卻還是沒有辦法做到。沒有人知道為什麼，甚至連艾爾自己也不知道他自己的想法，往往拿下的項鍊又會再一次重新戴上。做實驗的時候，如果沒有這條項鍊的陪伴，艾爾反而會覺得不太習慣。

「艾爾，這是尼爾德，我們實驗中心的新秀，能力並不比那些菁英來得差，有些方面甚至還獨樹一格。」阿克為艾爾介紹道。

尼爾德站了起來，對艾爾伸出手，說道：「艾爾先生，你好。」

「尼爾德醫生。」艾爾握著尼爾德的手，回應著。

「很別緻的項鍊啊，先生。」結實的握了艾爾的手一下，尼爾德對著艾爾說道。臉上露出好奇的笑容，張開的嘴讓他的犬齒更加明顯。

艾爾勉強的笑了一下，將項鍊塞回衣服裡。

兩個人重新坐了下來，開始討論著接下來的治療流程。不得不說，這個叫尼爾德的年輕人對於研究確實有著不錯的基礎，不僅能夠跟上艾爾和阿克的討論，問的問題也都很關鍵。雖然還有些稚嫩，不過就他現在的年紀看來已經超乎尋常了。

就在他們討論到一半的時候，關門的聲音響起，也打斷他們的討論。

隨著大門關上，雖然變得有些昏暗，不過室內的溫度正漸漸的回升。

走在前方的賽兒，身後還跟著兩個穿得嚴嚴實實的人，因為他們的臉都被衣領遮住，所以看不清他們的樣貌，不過從他們的體型看來，可以猜測出那是兩個男人。

對這突然闖進來的兩個男人，沒有人感到驚訝，只有尼爾德好奇的看了他們幾眼。

其中那個較為瘦弱的男人脫下外套，賽兒連忙接過。將手中的外套輕輕地抖了幾下，一些還沒融化的雪花紛紛掉落到地上。

道成穿著一身的警察制服，憔悴地站在原地。原本還梳得一絲不苟的頭髮，此時變得有些凌亂，而且白色中夾雜的黑髮似乎少了許多。他的眼睛充滿著血絲，不過卻看不出他精神上的疲憊。

道成疾步地走到艾爾的面前，語氣飛快地說道：「人我已經帶來了，快……」

艾爾沒有馬上回應道成的催促，反而是看像那個從進門到現在都沒有移動過的身影，輕聲地問著道成：「他是一個什麼樣的人？」

道成踱著步伐，轉身看像那個高大的身影，命令道：「脫下外套。」

只見那個站著的人有些僵硬地舉起手，緩緩地將身上的大衣脫了下來。

這是一個高大如狗熊的傢伙，滿臉橫肉的臉上充斥著大大小小的疤痕，乍看一下還跟小畢的情況有些相似，只不過這個人更加可怕罷了。

當大衣完全脫下，就有一股難聞的氣會瀰漫開來，熏得站在最近的賽兒退後的幾步。只見他身上穿著一件單薄而且破爛的囚衣，怪味就是從衣服上傳出。他的手臂有著不太明顯的肌肉，而肚子卻鼓鼓的，撐得他身上的囚衣有些發緊。兩米多的身高，讓人有著強烈的壓迫感。

奇怪的是，他脫下大衣後就沒有其它的動作。如果仔細看著他的雙眼，可以發現他的瞳孔有著不太明顯的擴大。

「控制藥劑，」尼爾德有些興奮地對著阿克說道，「是控制藥劑對吧？就是你之前跟我說過的新發明。真是太厲害了。」雖然他的話語中盡是疑問，不過語氣卻十分肯定。阿克並沒有回答尼爾德的問題，而他也不怎麼在乎，此時正雙眼發光地看著那個巨漢。

似乎從一開始到現在，尼爾德眼中的好奇從來都沒有消失過。

「他是個死刑犯，」說到這裡，道成神經質地笑了一聲，接著說道，「他強姦、弒親、殺人，被抓到的前一刻正要將他分屍的肉塊丟進大鍋裡煮。這樣的人的心臟進入羅恩法的身體裡真是髒了羅恩法，不過能夠救她一命也算是贖罪……對吧……」說到最後，道成輕聲地問著。也不知道是詢問其他人的看法，還是對著自己說話。

此時的道成張大著眼睛，雙手不斷的相互搓揉著。原本穩健的身形，也變得有些毛毛躁躁，沒有辦法長時間站在原地。

在羅恩法陷入昏迷之前，道成還可以很好地克制自己。不過當羅恩法在廁所摔了一跤昏迷不醒之後，道成變得一天比一天緊張。他不再注意形象，嚴謹的面孔因為愛人的昏迷而崩毀，只剩下握住最後一根救命稻草所保留下來的希望。

他默默的看了死刑犯一眼後，轉向艾爾，用力地抓著艾爾的手，問道：「他的身體符合要求，對吧？你一定會救回羅恩法的，對吧……艾爾？」

看著眼睛發紅的道成，艾爾默默不語，只是緩慢而堅定地對著道成點了一下頭。

「太好了……太好了……」

室內的所有人都靜靜的看著，沒有人多說什麼。

直到道成緩緩地將握住艾爾手臂的手鬆開，艾爾才站起身，對著尼爾德說道：「準備吧，我們的時間不多。」

「艾爾，」阿克在艾爾起身的時候叫住他，當他的目光看向阿克的時候，阿克接著說道，「你們就放心吧，後續的事情我會處理好的。」

艾爾沒有說話，只是對著阿克點了點頭。在經過道成的時候停頓了一下，緊緊的抱住道成的肩膀。直到這時，原本有些僵硬的道成緩緩地放鬆了下來。

至始至終艾爾都沒有多說什麼，只有在經過死刑犯的時候命令他跟上後，帶著尼爾德走下樓梯。

在艾爾的背後，賽兒走向道成，握住道成不斷顫抖的雙手，輕聲地安慰著：「爸爸……艾爾會成功的……媽會好起來的……」

道成的雙手依然顫抖，他艱難地握成拳頭，似乎想要克制自己，不過效果不大。努力幾次之後，道成不得不放棄，任由雙手繼續抖動。他艱難地將手插進自己的頭髮裡，低著頭不讓人看清他的臉。

賽兒依然坐在一旁，低聲安慰著道成。

只是那比身體更加蒼老的聲音，似乎無法平復道成翻湧不止的心。

身後發生地事情艾爾一點都不知道，他帶著死刑犯和尼爾德熟練地走下樓梯，穿過長長地走道，一直到進入最裡面的房間後，他才停下他飛快地步伐。

推開門，裡面是一個巨大的空間。艾爾帶著死刑犯走進最靠近門邊的一個隔間，快速而仔細的為死刑犯消毒之後，艾爾換上他的實驗衣，站在外面等待的尼爾德也同樣換好了衣服。

艾爾命令死刑犯跟上後，腳步輕緩地走向裡面。跟一開始地迅速不一樣，似乎是害怕過大的動作所發出的聲音會吵到裡面的人。

走到一個圓形的空間，周圍擺滿了實驗的儀器，這裡的擺設就跟狂客的地下實驗室一般無二。

正中間的位置擺著兩張床，其中一張床上躺著一個女人。她的身上插滿了各式的儀器，一旁的生命儀顯示著她現在的狀況十分不好。

艾爾伸出手輕輕的摸著女人的灰白的頭髮，小聲地說道：「羅恩法……放心吧……」

艾爾默默地看了羅恩法一陣，再次恢復他嚴謹而迅速的作風。

命令死刑犯躺上另外一張床後，一個又一個的指令從艾爾的口中說出。

事前的討論十分有效，艾爾跟尼爾德的配合十分良好。尤其是尼爾德能夠準確地完成每一件事，讓艾爾對阿克所推薦的這個人十分滿意。

「羅恩法的基因在五分鐘後就可以比對完成。」尼爾德看了眼前的螢幕一眼之後，對在一張桌子上忙碌的艾爾說道。

「嗯。」艾爾頭也不抬的回答，快速地做著手邊的工作。

一支支的試管不斷在他的手上飛舞，雖然只有一隻手可以工作，不過卻不會影響到艾爾動作的流暢。各式各樣的藥劑不斷地融合在一起，接著又被不斷地提純，最後留下一管透明如水的液體。

艾爾將手中的試管小心地放在桌上後，他快速地走到死刑犯的旁邊。從他的手上抽出一些血液後，接著又拔了幾根他的頭髮，艾爾回到著桌子前。

將血液和頭髮分別放在不同的試管中，艾爾輕輕的滴了幾滴他調配出來的藥劑到裡面後，將試管放進一個類似烤箱的機器裡面，艾爾專注地看著眼前的螢幕。

一個個被放大無數倍的細胞呈現在螢幕上，而螢幕明顯的分成兩個區塊，想必就是血液和頭髮兩支試管中的情況。

那些呈現在螢幕上的細胞有著無數的光點，不過在十幾秒過後，那些光點正逐漸的消失。一分鐘之後，所有的光點都消失不見，只留下一個又一個不規則的形狀。

「基因刪除……成功。」艾爾的聲音從口罩後面傳來。

尼爾德看了艾爾眼前的螢幕後，對著死刑犯打了一劑麻醉針。

艾爾走到羅恩法的旁邊，小心的將針頭插進羅恩法的手中，緩緩地抽出一些血液。

拿著針管回到烤箱形狀的儀器旁邊，艾爾將針頭插進一條橡皮帶中，將針筒中的血液緩緩地注入儀器裡。

從螢幕上可以看到，原本那些成半透明的形狀在血液進入之後變成紅色，沒過多久又恢復半透明的顏色。

艾爾緊張地盯著螢幕，就連尼爾德也是如此。

右邊的螢幕中，那些半透明的形狀裡開始出現一個又一個的光點，直到光點佈滿大部分的面積後，艾爾輕輕的鬆了一口氣。不過他緊接著看向左邊的螢幕，似乎艾爾的目光就是催化劑，原本毫無光點的螢幕上開始出現一個個光點。

「基因轉殖……成功。」艾爾說道。

接著艾爾的話語，尼爾德也開口：「麻醉完成，基因比對完成，基因記憶完成，可以開始手術。」

兩人互相點了點頭，艾爾率先走向死刑犯的旁邊。

從一旁的小檯子上拿起一把鋒利的手術刀，艾爾快速地對著死刑犯胸口的地方劃了一刀。粗糙的皮膚在鋒利的刀鋒下脆弱無比，皮膜一下就被劃開了。

艾爾一刀接著一刀的劃著，死刑犯的肌肉組織也被分割開來，露出胸骨的部分。

將胸骨割開後，艾爾小心的不弄傷任何血管。一顆不斷跳動的心臟，就這麼出現在艾爾和尼爾德的眼前。

似乎是感覺到死神的降臨，死刑犯的手緩緩地動了一下。不過也就是如此，他一直張開的眼睛瞳孔依舊擴散，沒有任何意識。

「插上肺管，輔助換氣。」艾爾的話一落下，兩條透明的管子快速的插向死刑犯的肺部。

「進行基因刪除。」這次的動作複雜了許多，先是從死刑犯的上方拉出一塊巨大的透明玻璃，完全覆蓋在他的上方後，艾爾抽取了一大管他剛才使用的透明藥劑。

他並沒有馬上將藥劑打入死刑犯的體內，而是默默地等待著。

「透視顯影機開啟。」這次說話的是尼爾德。在他的聲音落下的那一瞬間，那塊巨大的玻璃板微微的亮了起來。一旁一個更為巨大的螢幕再次出現那滿是光點的景象，只是這次明明白白地顯示出一個人體的形狀。

「調整。」艾爾間短的說道。

就在艾爾話語落下的那一瞬間，螢幕上的人體出現改變。不再是單一的視角，而是不斷地變換方向。當人體所有的方位都顯示過後，影像開始放大，裡面的細胞都可以看得清清楚楚。

當螢幕中的影像再次回歸到一開始的畫面之後，艾爾毫不猶豫地將手中的藥劑注入那顆規則張縮的心臟裡。

心臟持續跳動了一分多鐘，艾爾就這麼等著。他緊緊地盯著螢幕上的畫面，直到那滿是光點的人體上開始出現小部分的空白。

「心跳減緩。」尼爾德快速的說道。

「植入電針，啟動電流。」艾爾的眼睛沒有離開螢幕，不過他的指令也沒有停下。一旁的尼爾德飛快地將一根細小的銀針插入死刑犯的心臟中，並且按下了手邊的一顆按鈕。

就在尼爾德按下按鈕的下一瞬間，死刑犯的身體出現細微的抽蓄，那顆原本開始減緩跳動的心臟再次回復的一開始的跳動速度。

看到這樣的情形，尼爾德臉上的表情沒有絲毫的放鬆。

「啟動換氣輔助儀，協助換氣，保持心臟的新鮮度。」艾爾的命令再次傳來。這次他抽空看了死刑犯的臉一眼，隨後又緊盯著大螢幕。

這時候大螢幕上人體中的光點已經消失的一大半，而且還在不斷地消失當中。

五分鐘的時間此時卻讓人感到如此的漫長。五分鐘一到，螢幕中的最後一顆光點也隨之消失，呈現在艾爾眼前的是一個半透明的人體。

艾爾快速地走向羅恩法，從她的身上抽出一大管的血液，然後轉身將這些血液注入死刑犯的體內。

做完這些事之後，艾爾的手第一次在實驗中握緊，那是緊張的握拳。

他等待著。

一顆光點在螢幕上出現，好像招蜂引蝶一般，越來越多的光點出現在螢幕中的人體身上，直到覆滿全身。

當螢幕上的一角亮起紅燈，艾爾對著尼爾德說道：「基因轉置完成，進行基因比對。」

不斷有光線從一旁的機器中掃向死刑犯的全身，同時他的身體開始出現變化。皮肉開始出現皺褶，不知道是不是錯覺，死刑犯原本高壯的身體似乎縮小了不少。

對於這些變化艾爾一點都不在意，他只關心著那顆心臟。

「基因比對完成，比對體——羅恩法，比對結果——百分之百。」當尼爾德說出結果之後，兩人原本緊繃的臉都稍微放鬆了下來，不過隨後又恢復原本嚴謹的樣子。

「進行心臟轉移手術。」艾爾沉聲說道。

雖然接下來的手術同樣耗費心力，不過相較剛才的情況，不確定性卻少了許多。

心臟移植的手術十分成功，看著心電儀上出現令人放心的波形後，艾爾轉頭看向死刑犯。

那雙眼睛在心臟被取出來的那一瞬間就失去了所有的光彩，現在躺在手術床上的是一具勉強可以看出大概的人體。

他的眼睛從屍體上移開，重新回到羅恩法安詳的臉上。他沒有理會不斷做著筆記的尼爾德，就這麼靜靜地站在羅恩法的床邊。

艾爾的臉上同樣沒有手術成功後應有的欣喜。

當一聲隱約的槍響傳進艾爾靈敏的耳朵裡，他痛苦地閉上雙眼，深深地嘆了一口氣。不過他的嘆息聲卻被儀器運轉的聲音中掩蓋住了，沒有激起任何波瀾。

第十九章、偷心賊

隆冬將過，一絲微風吹來，撫過還殘留細雪的天地。雖然春天將至，不過寒冷卻依舊徘徊。

艾爾倚著大門，愣愣地望著廣闊的星空。

在他的身後隱隱傳來哽咽的聲音。沒有淒厲的哭喊，不過這樣壓抑的悲傷反而令空氣中充滿沉重。

在手術後的五個小時，羅恩法清醒了過來。這本來應該要好好慶祝一番，不過現在所有人都沒有這樣的心情。

因為在手術成功後的那一刻，道成舉槍自盡。

就在艾爾實驗室的入口。

他橫坐在樓梯旁，原本凌亂的頭髮被他梳得整整齊齊。身上著警察制服也煥然一新，從那隱約傳來香味，可以猜測出那是剛洗出來，晾乾沒多久的衣服。臉上的鬍渣也刮去了，雖然無法刮掉他憔悴的神情，不過那重新緊抿的唇正微微地笑著。

所有人都有這樣的預感，不過沒有人可以阻止。

在阿克和趕來的小畢的幫忙下，喪禮迅速的備置完成。
道成就靜靜地躺在棺木裡，賽兒跪坐在一旁喃喃的念著些含糊的詞語。
剛手術過後的羅恩法因為無法起身，不過她還是執意要陪伴道成直到最後一刻。她的床就在道成的旁邊，她的眼沒有離開過道成的臉。
對一個大病初癒，一個蒼老無比的女人來說，這樣的悲苦實在難以承受。長時間下來，她們的體力也漸漸不支。
夜深來臨，羅恩法和賽兒先後睡了過去。相同的是，她們的臉上都掛著淚珠。
艾爾維持那種站立不動的姿勢已經很久了，直到一陣寒風從他的身邊吹過，吹進房子裡，他才拖著步伐走進屋內。
冰冷的氣溫侵蝕著羅恩法和賽兒的身體，羅恩法還好，她有被子的抵擋，不過賽兒就冷得不斷顫抖。
但是這樣的寒冷也無法喚醒賽兒，似乎她夢中的情景比這寒風更加陰寒。
艾爾為她披上一件大衣後，賽兒的身體不再顫抖，不過更多的淚水從她的眼中湧現。說不定在夢中，她認為是道成為她披上大衣。
艾爾坐到一旁的沙發上，為自己倒上一杯烈酒，一口喝盡。
辛辣的味道順著喉嚨達到胃裡，嗆得艾爾直皺眉頭。不過他接連又喝了幾杯酒，似乎這樣可以緩解他此刻的心情。

在這月光無法照射到的角落，艾爾一個人默默的坐著。

阿克和小畢已經離開，原本他們打算留下，不過被艾爾勸說回家了。他們倆人已經忙碌了一整天，悲痛的心情並不會比賽兒少。

阿克是孤兒，從高中時代起，因為艾爾的關係他經常往家裡跑，所以道成和羅恩法幾乎就是他的父母。而小畢在犯罪的這幾年，道成和羅恩法幾乎就是他的支柱。

艾爾需要一個人好好的靜一靜，他們又何嘗不需要一段時間平復心情。

下意識地撫摸著胸前的項鍊，那一條條的紋路刺激著艾爾。他將項鍊拿了出來，緊緊地盯著。

一條條的鎖鏈纏著人體，而人的臉上卻是狂熱的笑容。在這昏暗的空間裡，艾爾拿著這條看起來十分詭異的項鍊，瞪著迷濛的雙眼不知道在想些什麼。

酒，一杯接著一杯的入喉。艾爾的手，也一遍又一遍的觸摸項鍊上的鎖鏈。見底的酒瓶隨意地掉落到地上，艾爾拿著酒杯的手也無力地垂下，在半空中微微地晃動著。

客廳牆邊的鐘擺發出「滴答、滴答」的聲音，時間也不斷的流逝著。

月亮逐漸西沉。

一陣輕微的聲響從棺木的旁邊傳出，被單被扯開的聲音隨著寒風吹得老遠，「霍霍、獵獵」地響著。

陣陣的腳步聲雖然輕微，不過還是驚醒沉睡中的賽兒和艾爾。

一個高壯的人影手上抱著什麼，再看看羅恩法的床上，此時卻空空如也。

賽兒發出一陣低沉的怒吼，拿起手邊的枴杖向著人影的肩膀狠狠地揮去。不過他卻輕鬆地躲了開來，飛速地向門外奔離。

被驚醒的艾爾趕到賽兒的旁邊，兩人快速的追了出去。

蒼老的賽兒赤裸著雙腳在雪地上奔跑。寒冷無法影響到她，她只是死命地追著。不過年邁的身體令她的行動變得艱難無比，每邁出一步都讓她氣喘不已。

艾爾早已將賽兒拋得遠遠的，他正以極快的速度追擊著。

「噗啪」的聲音輕輕地傳來，艾爾迅速地回過頭。已經離他極遠的賽兒狠狠地摔到地上，拐杖也飛離她兩、三公尺。

「艾爾，追……去追媽媽……不要再讓她受傷……」還沒等艾爾慢下步伐，賽兒淒厲的吼叫聲就已經傳進艾爾的耳中。

聽到賽兒的話，艾爾快速地轉過頭，用更加快的速度追了上去。

那個人雖然在艾爾他們之前就已經跑了起來，不過他的速度比艾爾慢了許多。雙方的距離正逐漸地縮短，清冷的月光照在地上，也照亮兩人的臉。

藉著微弱的光線，艾爾看清在他前方奔跑的人，從他不斷回頭的臉可以看出大概的輪廓。

「尼爾德……你在做什麼……尼爾德……」艾爾大聲地嘶吼著。看著那個才跟他一起完成手術的年輕人，此時正抱著羅恩法死命地向前奔。

尼爾德不管艾爾的叫喚，也不再回頭，一頭扎進了樹林裡。

一時之間，枝幹碰撞的聲音不斷傳來，尼爾德高壯的身體磕磕碰碰地向前衝。

相較他來說，艾爾就輕靈許多。也因為這樣，兩人之間的距離更快的縮短。艾爾停下叫喚，更加專注地追了上去。

在追擊的同時，他謹慎地看著尼爾德的背影。羅恩法的安危更加讓他擔心。

艾爾的前方有一陣雜訊突然傳出，本來不斷奔跑的尼爾德也停下腳步，回頭看著艾爾，他的手上正穩穩地抱著羅恩法。

艾爾並沒有因為這樣也跟著停下來，他加快速度，兩人原本就不斷縮短的距離，因為一方的停下而瞬間消失。

直到只剩下五、六步的距離，艾爾才停了下來。他小心地看著尼爾德，生怕他會突然傷害羅恩法。

只是沒有想到，他突然將羅恩法輕輕地放到雪地上，從衣服中拿出一台通訊器，按下一個鍵後就靜靜地等待著。

一這輕微的雜訊傳出，緊接著是一個低沉嘶啞的聲音。

聽到這個聲音，艾爾不由得後退了兩、三步。

「尼爾德，實驗體拿到了嗎？」那個男子的聲音傳來。

「已經拿到了，」尼爾的恭敬地說道，「狂客博士。」再到後來，不知道是有意還是無意，尼爾德稍微放大音量地說道。他的聲音還是十分恭敬。

最後從尼爾德口中傳出的名字，證實了艾爾心中的猜測，也讓他的雙眼微微地睜大。

「那……動作要快……小心保管實驗體。」通訊器裡的人不容置疑的說道。在他說完之後，雜音再次傳出。

「是。」儘管對方已經關掉了通訊器，不過尼爾德還是恭敬的將話說完。

小心的將通訊器收起來後，尼爾德用他那雙泛黃的眼睛看著仍然驚訝無比的艾爾。似乎艾爾的表情十分有趣，他「霍霍」的笑了幾聲，一邊說道：「三十年了吧……我的兄長……」

尼爾德的聲音將艾爾從震驚中驚醒，不過艾爾似乎沒有聽清楚尼爾德最後說的話，語氣乾澀地問道：「為什麼……實驗室的人員會出現在這裡……」

「霍霍！當然是實驗室的發展進入下一個階段，遇到了瓶頸啊。」尼爾德笑著說道。雖然他的臉上充滿笑容，不過並沒有任何嘲笑艾爾的意思。

「所以……狂客博士……」艾爾慢慢地恢復了平靜，與尼爾德泛黃的眼睛對視著。

「是的！我們英明的父，派出最優秀的實驗人員，參與世界各地的研究，試圖找到一些靈感及契機。」尼爾德說著，一手握拳輕輕地敲打自己的胸膛。

「霍霍！沒想到我會這麼的幸運，竟然親自參與了這項偉大的手術。更沒想到會遇到當年從實驗室逃脫的你……傳說竟然是真的啊，天縱奇才的艾爾，你的奇思妙想將為科學打開另外一扇門……能有你這樣的兄長，真是我們的榮幸。」尼爾德自顧自地說著。

「我不是你的兄長，從離開實驗室的那天起，我就跟那裡沒有任何關係了。」艾爾冷淡地說道。

聽到艾爾的回應，尼爾德驚訝的張大眼睛，說道：「是的，你是我們的兄長，都是由狂客博士製造出來的不是嗎？」

「我說了，我跟那個人沒有絲毫關係，跟你也沒有任何關係。」艾爾的語氣更加冷淡了。

「不，從技術上來說，我們的確是狂客博士的子。」尼爾德絲毫不理會艾爾的態度，不痛不癢的反駁了艾爾幾句後，自顧自地說了下去，「為了科學的榮耀，也為了世界的發展，實驗體我就帶走了。」

他的聲音一落下，就要將躺在地上的羅恩法帶走。

原本已經恢復平靜的艾爾，似乎被這一連串的事情激怒了。他低吼一聲，奮力的衝上前，對著尼爾德狠狠的揍了下去。

巨大的力道將尼爾德龐大的身體撞飛出去，猛然的撞上一旁的樹幹。

這棵沒有任何樹葉的樹木被這強大的撞擊力道撞得不停晃動，樹枝上稀少的積雪也紛紛掉落下來，尼爾德的頭上一下子就滿是白雪。

這樣的撞擊之下，尼爾德就像沒事的人一樣，緩緩地站了起來。那雙泛黃的雙眼微微地瞇了起來，嘴巴微微地張開，那一對明顯的犬齒更是完全露了出來。

「兄長啊，難道你忘了我們實驗室的教誨了嗎？」尼爾德的聲音在這一刻變得低沉異常。

艾爾沒有任何回應，而是徑直的走向羅恩法的位置，伸手就要將她抱起。

「這是重要的實驗體，沒有任何人可以阻攔這項偉大的實驗進行。」尼爾德的眼睛此時已經完全張開，原本淡黃的眼睛變得深沉許多。「以研究為使命……兄長已經忘記了實驗室的主旨，不過尼爾德並沒有忘記。」

在這一刻，尼爾德變得越來越奇怪。艾爾小心的退後了幾步，將羅恩法輕輕地放到樹下，然後用自己的身體擋住羅恩法。

「尼爾德本是一隻猩猩，受到父的恩惠，有幸重生為人。尼爾德也不曾讓父失望，我的努力還有才智讓我成為了父在研究上的得力助手，這次更是受到父的指令，勢必要帶回重要的實驗體。」尼爾德喃喃的叨念著，這一刻他的聲音已經不太像人類了。

聽著尼爾德自我催眠般的話語，艾爾驚訝的張大了眼睛，難以置信地看著前方的年輕人。

尼爾德的自語沒有結束，他將憤恨的眼光投向艾爾，咆嘯說道：「儘管你是我的兄長，不過一切對科學的阻攔都要毀去。」

話語一落下，他伸手從他的衣服裡拿出一管針筒，緩緩地將裡面的藥劑送進自己的體內。

針筒裡妖異、豔綠的液體一下就消失了一半。尼爾德停下注射的動作，將那管還剩下一半藥劑的針筒從自己的手中拔出，小心地放回自己的衣服裡。

艾爾站在原地不敢亂動，一雙眼睛謹慎而戒備的盯著尼爾德。

只見那原本就粗壯的身體開始膨大，黑色的絨毛覆蓋他露出衣服外面的四肢。他的雙眼已經完全變成黃色，犬齒也正微微的伸長。鼻翼開始擴大，皮膚也開始增厚。結實而巨大的肌肉已經完全將他身上的所有衣物完全撐破，只留下幾絲布條掛在身上。

一隻巨大的黑猩猩就這麼出現在艾爾的面前，搥打著胸膛，高聲咆嘯著，「霍霍」的吼叫聲響傳遍整個樹林。

面對眼前發狂的猩猩，艾爾不敢作出絲毫的舉動。而艾爾的小心翼翼不代表黑猩猩就會輕易的放過他。

尼爾德飛快地向前衝來，被艾爾主動拉長的距離瞬間的消失，速度快的艾爾幾乎沒有反應過來。

慌忙之中，艾爾堪堪蹲了下來，雖然及時躲了過去，不過肩膀還被尼爾德揮過來的手掌擊中。

條條的血痕瞬間出現在艾爾的肩膀上，血肉模糊的傷口讓人不忍多看。雖然受傷是無可避免，不過幸運的是，受傷的肩膀是左邊，也就是艾爾失去手掌的那一邊，這樣也不算完全失去反抗的力量。

艾爾一退再退，期間雖然反擊了幾次，不過除了更加激怒尼爾德之外，完全沒有任何效果。

後背貼上一棵大樹，止住艾爾後退的步伐。尼爾德的口中發出「霍霍」的聲音，似乎在嘲笑艾爾的愚蠢。

那強而有力的揮擊再一次襲來，尼爾德帶著利爪的手掌揮過，艾爾及時的趴下，躲過了一擊。

粗壯的樹幹被尼爾德拍下了一角，紛飛的木屑掃向四周。盤穩的樹木劇烈地晃動，層層的白雪不斷地掉落下來。

化成黑猩猩的尼爾德也不太好受，他的手掌流出絲絲的血液，憤怒的咆嘯聲更加劇烈，幾乎傳遍整片樹林。

向前撲飛的艾爾用他的右手撐了地板一下，旋轉著腰背，敏捷的在空中翻了一圈後穩穩地落在地上。

他沒有回頭看，而是在黑猩猩咆嘯的期間，衝向尼爾德一開始變身的地方。碎裂的衣物靜靜地躺在地上，衣內的口袋中露出一截針筒，正靜靜地躺在破碎的通訊器旁。

艾爾快速地拿起針筒，緊緊握在手中。迅捷地轉過身來，將自己的後背好好保護著。猩猩的眼睛已經完全變成紅色，他仇視的望著艾爾，似乎整個世界就只剩下這個讓他受傷的人類。

尼爾德再次衝向前，這次的速度更加快速，一下子就來到艾爾的面前。不顧揮擊過來的大手，艾爾反而主動迎擊，大步衝向黑猩猩的胸前，在手掌擊下的那一瞬間，將針筒插進尼爾德心臟位置，半管的藥劑瞬間擠入黑猩猩的體內。

帶著黑毛的手臂擊向艾爾的背，一口血液從艾爾的口中噴出，染紅猩猩的胸膛。不過這次打擊的力道沒有預期的大力，艾爾的背骨雖然出現挫傷但是沒有斷裂。儘管如此，艾爾的身體還是軟軟的倒在地上。

強撐著劇痛無比的身體，艾爾緩緩地向後爬，離開已經靜止不動的黑猩猩。直到身體靠到一棵樹上，艾爾才停了下來，他靜靜的看著。

他在賭，用自己的生命去賭。那半管藥劑不知道能夠引起什麼樣的作用。幸運的是，艾爾似乎賭對了。

尼爾德的身體再次膨脹了起來，糾結的肌肉更加壯實，牙齒、利爪變得更加鋒利。

艾爾只是平靜的看著眼前的一切。

本應該更加充滿力量的尼爾德卻露出痛苦的表情，他的眼睛已經微微突出。七孔開始冒出血液，緊接著是他身上每一寸肌肉開始出現裂痕。

肌肉膨脹的速度及幅度太大，已經超出了身體能夠承受的程度。

尼爾德的身體還在不斷拔高、壯大，不過他全身的肌肉已經開始撕裂，鮮紅的血液滾滾的冒出，染紅潔白的雪地。

艱難的發出幾聲咆嘯，隨後「汩汩」的聲音從他的喉嚨傳出。

直到這個時候，艾爾還是謹慎地看著。

當眼前巨大的身影緩緩倒地，艾爾緊握的拳才慢慢的鬆開。他艱難的起身，繞過比平常的猩猩更加巨大一倍的尼爾德。踩著滿地的鮮血，跌跌撞撞的走向羅恩法。

本來恢復冷靜的艾爾，看到嘴唇發紫的羅恩法之後，再也無法維持鎮定。

他將身上所有的衣服通通脫下，一股腦地蓋在羅恩法的身上，僅存的右手也抓著羅恩法的雙手，不斷的搓揉，期望可以為羅恩法帶回一點溫暖。

不過艾爾現在做的任何事都是徒勞，一點效果都沒有。

羅恩法早已經醒了過來，他靜靜的看著慌亂的艾爾，抽出自己的手，輕輕撫著艾爾的臉。

羅恩法的手比地上的雪更加冰寒，撫上艾爾的臉時讓他不由得顫抖了一下。他緊緊握著那隻冰冷的手，好像只要這樣就可以挽回一切。

「孩子……我的孩子……你已經為我做了許多……應該愧疚的是我，我沒有盡到一個母親的責任，讓你一生悲苦……如果……如果……你沒有出生就好了……」羅恩法的聲音很輕柔，不過字字句句都清楚的傳進艾爾的耳中。

艾爾拼命的搖著頭，淚水不斷的低落，他的眼睛始終沒有閉上，只為了加清楚的記得羅恩法的臉。

羅恩法的臉上已經滿是淚水，分不清是自己的還是艾爾流下的淚水。

看著充滿慈愛的雙眼，艾爾的全身不斷顫抖。羅恩法想要多說什麼，不過她的身體已經無法允許她再多說一句話，所以只能將話語藏進自己的眼中，期望自己的孩子可以讀懂。

疲憊的眼皮最終還是闔上，羅恩法的嘴角微微的彎起，輕柔的呼吸已經不再，只留下安詳的臉龐。

「啊！」嘶聲力竭的哭喊盤旋在這片天空，艾爾的聲音已經嘶啞。

當他抱起羅恩法的身體向回走去的時候，不由得想起道成最後放在口袋留給一家人的信。

雪開始下。

親愛的羅恩法：

無法陪你走過接下來的日夜是我生命中的遺憾，不過相信我們的兒子會為妳延續生命。

也相信我們優秀的子女會連同我這個罪人的那一份一起陪伴著妳。

生命無多，長短無期，雖是眷戀，仍自悲奈。

對不起，我的愛人。

對不起，我的兒子。

對不起，我的女兒。

道成

他的信就跟他以往的作風一樣，簡短、嚴謹。

雪仍然下著。

第二十章、遲到三十年的決定

「堵堵堵」的聲音頻頻傳來，賽兒手上的枴杖不斷地敲擊著地板。淚水不斷地從她的眼中流下，不過她一點都不在意，目光自始自終都停留在身體已經僵硬的羅恩法上。

「你……一定要去嗎？」連續的敲擊聲突兀的停了下來，賽兒開口問道，不過她的眼睛還是沒有離開羅恩法的臉。

坐在陰暗角落的艾爾無聲的點了一下頭，不過似乎是意會到賽兒沒有看向這裡，他悶悶地說了聲：「對。」

賽兒將手中的枴杖放了下來，將羅恩法的手交叉放在肚子上，並拿著一條潔白的毯子覆蓋在羅恩法的身上。

棺木還沒有準備好，所以羅恩法的屍體只能放置在一張乾淨的毯子上，道成的屍首就在一旁，兩人並列的躺在一起。

賽兒的目光從羅恩法的身上離開，她看著道成，又看向羅恩法，嘴角露出一絲悽苦的微笑。眼淚不斷從眼中流下，順著她臉上的皺痕向兩旁散開。顫抖著手輕輕的滑過道成棺木的邊緣，轉身看向始終沉默不語的艾爾。

被尼爾德弄傷的傷口已經簡單處理過了，被鮮血染成紅色的繃帶緊緊纏住艾爾的左肩，至於那些細微的擦傷，艾爾沒有打算，也沒有心情處理。

「我失去了我的父母，難道你還想要我失去我的哥哥嗎？」賽兒質問著艾爾，「你我都知道，我已經沒有多少生命可以活了，你就這樣丟下我嗎，艾爾？」說到最後，賽兒的語氣中已經出現懇求。

艾爾同樣沒有回話，只是他放在大腿上的手不由的緊握成拳。

「復仇真的那麼重要嗎？」賽兒同樣注意到艾爾的動作，她再次問道。

聽到這個問題，艾爾猛然的抬起了頭，對著賽兒說道：「復仇？我也不知道重不重要，不過我卻知道，如果任由那個實驗室的存在，將會發生更多悲劇。倫常的違背，已經破壞了應有的秩序了。如果妳真的認為我只是為了復仇，我的妹妹，妳太不了解我了。」

賽兒用大拇指輕輕的抹去臉上的淚水，直視艾爾的眼睛，「你真的知道自己在想些什麼嗎？你現在說的理由真的是發自你的內心嗎？你能夠確定你有勇氣重新面對那個實驗室嗎？還是你只想到要將它摧毀？」

一連四個問題從賽兒的口中說出，同時也在艾爾的耳邊炸響。

不知道是不是錯覺，縮在陰暗處的艾爾，他的臉色似乎變得更加蒼白。

「妳不恨嗎，賽兒？因為他們，妳變成這樣。因為他們，我們的家庭毀了。也因為他們，或許還會發生更多的悲劇。」艾爾站起身來，沒有直接回答賽兒的問題，反而質問了賽兒。說到最後，他幾乎是咆嘯出聲。

「對，他們確實傷害了我們……」賽兒沒有反駁，不過她的話還沒有說完就被艾爾打斷。

「所以，他們必須被摧毀。」艾爾冷冷地說道。決然的轉身走向地下室，走回他熟悉的實驗室。

在艾爾下樓的前一刻，賽兒的聲音也傳了過來，他重新恢復平靜，至少聲音上聽來是如此，「他們……沒有資格傷害我們，沒有資格改變我們。我沒有，你也同樣沒有資格。艾爾，你憑著什麼用這樣的觀點看待一切。你……真的清醒嗎？」

賽兒的聲音落下，只換來艾爾稍微的停頓。他抬起的腳再次向前跨進，走下了樓梯。回應賽兒的，是一個孤單的背影，還有一聲阻斷一切的關門聲。

三天後，賽兒坐在一對新立的石碑前。羅恩法和道成的名字分別刻在那兩塊潔白的石板上，似乎在默默地守護這個墓碑前的老人。

賽兒手拿著一份報紙，從那皺褶的邊緣看來，報紙已經被翻閱許多次了，大大小小的版面都寫著或相同或相關的事情。三天前的大地震被揭開了面紗。

賽兒再次的看著。

地下巨室揭迷

一月四號，下午三點，於諾德市發生了規模七點四的大地震。多起地層坍塌的事件釀成災禍，至今已多人傷亡。

艾爾將自己鎖在實驗室足足半天的時間，隔音良好的大門讓人無法得知他到底做了些什麼。

在最後，賽兒指責的話語落下的那一瞬間，艾爾的表情變得冷硬無比。就連他靈活的雙手也僵硬了許多，關上大門的那一刻，不知道是因為手的關係還是因為無法克制自己的情緒，關門的聲音也比平常大了許多。巨大的關門聲，好像代替自己的話語，對著房子內的所有人發出沒有文字的咆嘯聲。

想要憑藉著已經模糊的記憶找到當初從實驗室逃出的地點無疑是癡人說夢，不過看著手中這一堆散裂的機器，艾爾看到了一絲曙光。

這堆散亂無比的碎片正是當初尼爾德用來通訊的通訊器，將其中的核心晶片挑出後，艾爾再次檢驗了一下。不知道是不是幸運女神的眷寵，這片晶片除了一些細微的擦損之外，主要的幾個部位都完好無缺。

艾爾反向追蹤訊號，儘管受到層層的阻攔，不過還是找到了發訊的源頭。

調出地圖來看，追查到的地點除了一些細微的變化之外，那片遼闊的草原場景勾起了艾爾當時昏迷前的模糊記憶。雖然不是十分的確定，不過除了這唯一的線索之外，沒有更多的資訊來源了。

解決最主要的難題之後，艾爾回到那張他熟悉的實驗桌前。看著眼前一根根清洗的極為乾淨的試管，艾爾小心的將它們拿起，不斷的加入各種的藥劑。

刺鼻的氣味很快的就傳了出來，迅速的瀰漫了整間實驗室。高效率的抽風設備雖然抽走了大部分逸散出來的氣體，不過還是無法減緩那讓人難受的味道。

像蝴蝶般穿梭於花叢的手漸漸停了下來，本來有七、八根試管同時使用，到最後只剩下艾爾手中的這一根。試管中的液體也從絢麗的七彩變成單一的透明，難聞的氣味不知道什麼時候消失不見了。

他將這一管不到三十毫升的液體小心的放進一個橡膠做的機械盒後，又重複剛才調配藥劑的動作。

這樣的過程循環了五、六次之多後，艾爾才將那些變薄許多的玻璃試管小心的沖洗了一次。將物品從新歸位之後，艾爾轉身離開了實驗室。

走到一旁的臨時休息室裡，艾爾從一個櫃子中拿出一個陳舊的背包。這是當初逃離實驗室時，賽兒準備的包包。

艾爾回到實驗桌前，將剛才準備的東西全部都塞到背包裡後，離開了這個屬於他的小天地。

跟剛才進入實驗室前大聲關門不同，艾爾輕緩地將門關上，沒有發出任何聲響。只有在他按下一個標示著「銷毀」的按鈕後，才傳出一聲細微的「滴」聲。

緩步的走上樓梯，經過了道成和羅恩法安息的地方，艾爾沒有看到賽兒的身影。當他無聲地打開大門之前，眼角的餘光撇到他習慣坐著的那個陰暗角落閃過兩道明亮的光芒。

光芒就像雨滴，抵擋不了地面的吸引。這晶亮的光芒墜落之後，又回歸一片混著，與黑暗襯和著。

門外的雪已經停止，嬌羞的太陽露出臉龐。

這一切似乎都與艾爾無關，他的臉始終冷硬，就跟雪融化前的那一刻，最是寒冷。

> 不過於今日稍早，驅車經過霈廈大橋的多位駕駛，發現藍晶大河出現巨大的漩渦，經由專業人員探查，發現河底之下別有洞天。又陸續發現多處地形出現異常變動，經過勘察，就在我們腳踩的地底下，是一個寬闊無比的巨大空間，稱之為都市都不為過。
>
> 這樣的發現，讓許多學者趨之若鶩，更有發現古老遺跡的說法傳出。不過經由專業人員的證實，這個地下空間實為一個現代的祕密研究中心。另外還發現建築縝密的住宅區域，良好的環境設施，實可稱之為地底下的世外桃源。

站在這一望無際的草原上，艾爾毫不猶豫地向前走。一邊看著手上的定位儀，一邊從背包中拿出一台小小的方形感應器。

當艾爾站的位置跟定位儀上的紅點重合之後，他緩緩地蹲了下來。看著腳底下跟其他地方沒有區別的草地，艾爾拿著感應器緩緩的晃了幾下。

「嗶」的一聲，一小塊土地無聲的分了開來，露出跟這片大自然極不協調的精密晶版。

晶版的中央是一小塊的凹陷，跟艾爾手中的感應器相符合。他快速地將感應器嵌入其中，靜靜的等待著。

一束藍光掃過之後，晶版的旁邊再次露出一個小型的鍵盤，機械的聲音憑空響起，「實驗者，請輸入密碼。」

對這樣的結果艾爾似乎早有預料，他拿著一台小型的電腦，將線路接到鍵盤上面，看著反饋回螢幕的訊息，艾爾毫不猶豫地輸入一串數字。

幾乎就在最後一個按鍵落下的那一瞬間，前方的草地上露出一個洞口。沒有任何掩飾的，艾爾就這麼直接的走了進去。

實驗室中的警衛人員在的一瞬間就發現了這個由正當程序進來的「闖入者」，一個高壯的警衛攔住了艾爾，緩和而堅定地說道：「請出示你的識別證。」

艾爾完全沒有理會警衛的話語，似乎他根本就不存在似的。

環顧了一圈周圍的環境，幾乎跟當初沒有任何變化。艾爾的視線只有稍作停留，他就繞過擋在前方的警衛，舉步離開。

對於艾爾不加理會的舉動，其他人也反應了過來，四、五個警衛戒備的向內圍攏，舉槍對著艾爾。

一開始盤查的那個警衛小心的用槍頂住艾爾的頭，嚴厲地說道：「轉過來。」回應他的是艾爾平靜的轉身，兩人就這麼對視著。直到艾爾拉開他的上衣，露出綁在胸前的炸藥。

周圍的人緩緩的後退了幾步，握槍的手握得更緊了。

艾爾從背包中拿出那事先就準備好的橡膠盒子，輕輕地放在入口的地方，然後也不管圍在身邊的警衛，緩緩的走了出去。

在他跨出警衛室大門的那一瞬間，天空亮起了紅色。一閃一閃的紅光充斥了整個世界，刺耳的警報聲也在耳邊回響，一如三十年前。

一模一樣的柏油路，一模一樣的斜坡，艾爾就這麼走著。越來越多的警衛圍攏了過來，對準艾爾的槍械也越來越多，不過這都沒有影響到艾爾的步伐。

二十分鐘的車程，艾爾足足走了一個多小時。

當那一片精美的住宅區出現在艾爾眼前的時候，他的腳步才停頓了一下。環顧著從房子裡走出來的大人、小孩，艾爾再次向前走去。

經過當初住的地方時，又是一個橡膠盒子落了下來，靜靜地躺在修剪整齊的草坪上。圍攏的人越來越多，不過他們的臉上出現了驚恐的表情，小心翼翼的步伐好像在擔心著會觸怒艾爾。

順著這條埋藏在記憶中三十幾年的街道走去，艾爾來到了這白色、宏偉的建築群之前。

看著眼前站在實驗室大門前的兩個人，艾爾輕輕的開口：「我們……好久不見了。」聲音雖然輕緩，不過在所有人都壓低呼吸聲的環境下卻是那麼的清晰。

周圍的人們，他們驚恐的眼神倒映出艾爾從冷硬變得複雜的表情。

不過這一切都跟艾爾無關，他的目光始終注意在他的前方，那一高一矮的人影上。

在人員進入此地下實驗室時，傳出極為刺鼻的煙硝味。檢測過後，確定了三天前的大地震是因為高劑量的炸藥同時於地底爆炸而引發。

目前警方已於那些地層變異的地方圍起封鎖線，多具的屍體、殘骸被搬運送出，運送死者的工作目前仍持續進行著。根據警方發言人表示，除了人類的屍首之外，還發現了許多動物的遺骸。除此之外，一些屍體因為爆炸而血肉模糊，所以從骨骸上看來，根本無法辨認其生物的種類，只能大致上推測是由生物雜交後所產生下的變異物種。準確的情形，仍須再作近一步驗證。

「艾爾……」一陣驚喜中帶著錯愕的溫柔聲音傳進艾爾的耳中。

聽到自己被叫喚，艾爾的目光變得柔和許多。他看著那個較高的身影，嘴唇微微的動了一下，不過沒有發出任何聲音。

珍妮博士幾乎沒有任何改變，尤其是她看著艾爾的目光，同樣的明亮，同樣的寵愛，就像艾爾還是一個小孩子一般，除了她臉上的皺紋顯示著時間的無情。

原本踏出的腳步不由得收了回來，珍妮扶著已經完全駝背的狂客，在叫了一聲艾爾的名字之後，淚水已經流了滿面。

她的目光掃過艾爾胸前綁著的炸藥後，又緩緩移開，就好像那只是一個野餐用的背包一樣。不過當她看見艾爾左邊袖子的空缺時，她急促地問道：「你的手怎麼了，艾爾。」

艾爾沒有任何回應，反倒是默默站在一旁的狂客博士開了口。原本低著頭的他，緩緩地看向艾爾，全白的頭髮散開，露出那張已經滿是老人斑的臉。殘缺不齊的牙搭上嘲諷的笑容，大小不對稱的雙眼掃過艾爾的手再到艾爾的臉，狂客博士笑著：「可惜了，完美變得不完美了。」

那嘶啞的聲音就跟當初與尼爾德對話的聲音一模一樣，不過似乎比艾爾記憶中的更加嘶啞。

面對狂客的嘲諷，艾爾不動於衷。反倒是珍妮不滿的看了她扶著的人一眼，接著問道：「賽兒呢？她還好嗎？」

聽著這如同家人般的詢問，艾爾張口說道：「她……」

不過還沒等他說完，那同樣嘶啞的聲音肆無忌憚地打斷了他，「怎麼可能會好，她現在大概已經七老八十了吧。一個全身都是廢物基因的人……不過你還要感謝你的妹妹呢，小子，你來到這個世界之前，就是我將你體中的廢物基因排出，讓你現在能夠這個樣子，永不衰老。科學真是奇妙啊，沒想到當初排出的廢物基因，竟然會形成另一個人體。」

聽著狂客博士張狂的笑聲，艾爾不禁握緊了拳頭。站在一旁的珍妮，臉色瞬間變得蒼白。

「果然是你……」艾爾咬牙切齒的說著。聲音雖然沒有很高，不過卻順著他的憤怒，清晰的傳了出去。

「喔，你知道啦……看來你也沒有放棄研究嘛。」狂客咧嘴笑著。

艾爾的眼中已經充滿仇恨，整著世界似乎只剩下眼前張狂大笑的人。

「難得今天是一個好日子，我就再告訴你一個祕密吧……」對艾爾的目光，狂客博士完全不去理會，看了艾爾一眼之後，轉身對著周遭的人大聲地說道，「這個人啊，其實是我的弟弟啊。」

面對狂客這突如其來訊息，不只是珍妮，就連艾爾的楞了一下，一些反應迅速的人，還以為狂客博士已經發瘋了。不過狂客沒有給他們思考的時間，緊接著說道：「你跟我啊，都是鍊廣教授基因培養出來的，這不是兄弟是什麼。我的子啊，還不叫這個想要殺死兄長、毀滅實驗室的人一聲叔叔。哈哈哈！」

一時之間，整個實驗室都是狂客博士瘋狂的笑聲。他的眼中已經沒有理性，完全被嘲笑、狂顛、偏執所充斥。

在周圍人群中，一些長相或身體器官怪異無比的人怯懦的看向艾爾。當其中一個皮膚多處潰爛的人小步的站出來，對著艾爾小聲地叫了一句「叔叔」之後，其他的地方也此起彼落地傳來同樣的話語。

聽著這樣的稱呼，艾爾的臉色變得更加陰沉。他瞇著眼睛掃向四周，雖然他的目光沒有在任何一處多做停留，不過與他對視的人都一臉的驚恐。有的小孩甚至哭了出來，站在一旁的大人連忙摀住他們的嘴。

當艾爾的目光最後回到狂客博士的臉上時，狂客博士的臉上還掛著笑容。他那雙大小眼不懷好意地盯著艾爾，輕聲地說道：「他們都在怕你呢，艾爾。你看到他們臉上的表情了嗎？為什麼我在你的眼中也看到你心中的恐慌？我們都是怪物，不是嗎？怪物應該是讓人害怕的，而不會害怕別人啊，你說呢？」

狂客博士嘶啞難聽的問出一連串的問題。每問出一個問題，艾爾就不由得退後一小步。直到後來，他的雙腿甚至出現微微地顫抖。

「不是的……」珍妮驚恐的看著艾爾，口中辯駁著。不過她的話還沒有說完，就被一旁的狂客博士打斷。

「是的……是的。」儘管珍妮的話沒有完全說出口，狂客博士好像也猜出她想說的話。毫不留情地對著艾爾說道，語氣輕柔卻十分肯定。

站在人群中的艾爾，看起來是那麼孤立無援。

冷汗，從艾爾的臉上滑下。

而爆炸的原因，極有可能是人為設置，從爆炸的分布情形看來，已經可以初步排除實驗意外的可能性。

從進入地底實驗室的研究人員口中得知，裡頭進行的實驗已經超出現有科技許多。雖然因為爆炸的緣故，許多研究用的儀器已經嚴重而徹底的銷毀，不過從儀器外殼上的材料看來，可以略窺一二。炸藥專家也對空氣中瀰漫的物質做出分析，發現其中許多成分都尚不可知。從這看來，也側面應證了之前科學家所言，地底實驗室超出現代許多的科學技術。

艾爾無神的瞪著狂客，冷硬的表情從他的臉上消失。

「哈哈哈！」看著艾爾狼狽的樣子，狂客博士快意的笑了起來。

瘋狂的笑聲在這安靜的環境中顯得格外詭異，不過狂客博士卻完全不在乎。他跟艾爾一樣，眼中只有彼此。

在笑聲不斷傳出的同時，狂客博士揮手擺脫珍妮的攙扶，一步步地向艾爾逼近。

珍妮想要跟上去，不過狂客博士卻完全不搭理她。

他駝著的背在這一刻變得挺直，昏暗的雙眼就像鋒銳的箭矢，直刺艾爾。披頭散髮的樣子，搭上他滿口不齊的牙齒，就像擇人而嗜的野獸，失去了理性。

「動手啊，我的弟弟。你再次回到這片苦難之地，不是就是想要毀滅一切嗎？」狂客博士在艾爾前兩、三步的距離站定，嘲笑的看著艾爾。

「不要，求求你，博士……」

「我不想死。」

「賤人，你想死自己去跳海，為什麼要牽連到我們……」

這時候哭喊不再侷限於小孩身上，一些大人也開口懇求著。不論是謾罵也好，憤怒也罷，一切的話語都掩飾不了其中的恐懼。

站在周圍的士兵舉槍對著艾爾，不過他們根本不敢輕舉妄動。而那些奇形怪狀的人雖然也露出驚恐的表情，不過他們的目光卻集中在狂客博士的身上。

這些聲音、這些目光，都像擾人的魔咒一般，穿透艾爾的身體、艾爾的腦。

「來吧……來吧……」狂客博士的大喊就像最後一道催命符。

艾爾的眼中失去了所有的神采，他將剩下的炸藥丟向狂客博士的背後。橡膠做的盒子進入實驗室的大門，沿著走廊滑過，直到消失在所有人的視野中。

一顆子彈衝入艾爾的胸膛，鮮紅的血液在空中綻放。

同時，艾爾伸出他唯一的手，輕輕地按了綁在他胸前的機械盒一下。

更多的子彈蜂擁而至，襲向艾爾身體的同時，狂客博士的身上也流下鮮紅的血。

赤紅的天傳出與它相稱的血腥味，搭著嘶啞的瘋狂笑聲，久久不散。

除了那些研究的儀器尚未出土，其它殘破的物品都已相繼被搬運出來，其中一條項鍊引發了科學家及警方等多方人員極為熱烈的討論，在眾多堅實、牢固的儀器都被破壞的情況下，這條項鍊的完好是非比尋常。無論是其特殊的材質，亦或者是它奇異的外型，仍須再作近一步的分析及檢驗，從這唯一完好的保存物品當中可能發現更多有關這個地下研究室的祕密。

強烈、刺眼的白光從地下實驗室的各個地方炸開，首先就是進入地下實驗室的入口，石塊的坍塌阻絕了任何逃命的希望。

當白光延伸到那片溫馨的小區，又是一陣刺目的光芒在那修剪整齊的草坪上暈散。光芒延伸之處，所有的建築都粉碎成灰。人們的根，被無情地拔起。

紅色的天已經消失無蹤，取而代之的是一片虛無的白。

哭喊的孩童止住淚水，奔逃的人們停下腳步，就連開槍射擊的士兵都放下槍枝。

一雙雙驚恐的眼，看著白光的蔓延，看向虛假的天。

瘋狂的笑聲仍然持續著，不過狂客博士開始咳血的嘴已經漸漸地發不出聲音。

斷斷續續的話語從他血流如注的口中傳出：「哈……我創造生命……你決定死亡……我們……終究是同一種……」

狂客博士最後的話語被艾爾胸前的白光吸走，沒有人知道他最後想要說些什麼。

艾爾的眼睛變得平靜，他看著周圍的人一個個的消失，看著珍妮從背後溫柔地抱住狂客博士，感受著自己的知覺毀滅。

他看著一切。

當艾爾的身體一點一滴的消散，從他的胸前飛出一抹銀光。

在這茫茫蒼白的天地之間，這抹銀光特別的顯眼。

鎖鏈纏繞著人體，狂熱的笑容在深深地刻在項鍊上。它飛了好遠，最終在實驗室的大門前落地。

白光再次傳出，從那巨大的建築物中。

無論是這不為人知的地底空間、超出理解的研究面向，還是數百起的死亡事故，都引起政府及民眾高度的關注。

五朵塑膠做的千日紅靜靜地躺在兩塊墓碑之間。
晚風吹起那張黑白的報紙，露出已經遠去的蒼老背影。
夕陽西下，拖著長長的影子，迎向遠方，等待星空的到來。

~全書完~

釀小說 35　PG0993

完美基因

——原創科幻小說

作　　者　蘇健軒
責任編輯　劉　璞
圖文排版　楊家齊
封面設計　秦禎翊

出版策劃　釀出版
製作發行　秀威資訊科技股份有限公司
114 台北市內湖區瑞光路76巷65號1樓
電話：+886-2-2796-3638　傳真：+886-2-2796-1377
服務信箱：service@showwe.com.tw
http://www.showwe.com.tw
郵政劃撥　19563868　戶名：秀威資訊科技股份有限公司
展售門市　國家書店【松江門市】
104 台北市中山區松江路209號1樓
電話：+886-2-2518-0207　傳真：+886-2-2518-0778
網路訂購　秀威網路書店：http://www.bodbooks.com.tw
國家網路書店：http://www.govbooks.com.tw
法律顧問　毛國樑　律師
總 經 銷　聯合發行股份有限公司
231新北市新店區寶橋路235巷6弄6號4F
電話：+886-2-2917-8022　傳真：+886-2-2915-6275

出版日期　2013年7月　BOD一版
定　　價　300元

Printed in Taiwan

國家圖書館出版品預行編目

完美基因：原創科幻小說 / 蘇健軒著. -- 一版. -- 臺北市：釀出版, 2013.07
面； 公分. -- (釀小說 ; PG0993)
BOD版
ISBN 978-986-5871-64-2 (平裝)

857.83 102011670

讀者回函卡

感謝您購買本書，為提升服務品質，請填妥以下資料，將讀者回函卡直接寄回或傳真本公司，收到您的寶貴意見後，我們會收藏記錄及檢討，謝謝！如您需要了解本公司最新出版書目、購書優惠或企劃活動，歡迎您上網查詢或下載相關資料：http:// www.showwe.com.tw

您購買的書名：________________________________

出生日期：________年________月________日

學歷：□高中(含)以下　□大專　□研究所(含)以上

職業：□製造業　□金融業　□資訊業　□軍警　□傳播業　□自由業

□服務業　□公務員　□教職　□學生　□家管　□其它______

購書地點：□網路書店　□實體書店　□書展　□郵購　□贈閱　□其他

您從何得知本書的消息？

□網路書店　□實體書店　□網路搜尋　□電子報　□書訊　□雜誌

□傳播媒體　□親友推薦　□網站推薦　□部落格　□其他__________

您對本書的評價：（請填代號　1.非常滿意　2.滿意　3.尚可　4.再改進）

封面設計____　版面編排____　內容____　文／譯筆____　價格____

讀完書後您覺得：

□很有收穫　□有收穫　□收穫不多　□沒收穫

對我們的建議：________________________________

____

____

____

請貼
郵票

11466
台北市內湖區瑞光路 76 巷 65 號 1 樓
秀威資訊科技股份有限公司 收
BOD 數位出版事業部

....

（請沿線對折寄回，謝謝！）

姓　　名：＿＿＿＿＿＿＿＿　年齡：＿＿＿＿　性別：□女　□男

郵遞區號：□□□□□

地　　址：＿＿＿＿＿＿＿＿＿＿＿＿＿＿＿＿＿＿＿＿

聯絡電話：(日)＿＿＿＿＿＿＿＿＿＿(夜)＿＿＿＿＿＿＿＿＿＿

E-mail：＿＿＿＿＿＿＿＿＿＿＿＿＿＿＿＿＿＿＿＿